FICTION

フィクション

SUMITO YAMASHITA
山下澄人

新潮社

FICTION | 目次

FICTION

FICTION　01
象使い

オギタはからだの左半分が動かない。血管が脳の中で破れてそうなった。

オギタはFICTIONとわたしが名づけた劇の集まりに長くいた。俳優兼道具係としていた。わたしはそこで台本を書いて演出をして出てもいた。台本というのはその劇のせりふやト書き（ああしろ、こうしろ、こうやれ、という指示）が書かれてあるもののことで、「戯曲」という言い方をする場合もあるがわたしは「台本」だ。演出というのはその台本をもとにしながら演じる俳優にト書きにあるのになおも「ああしろこうしろ」と偉そうにいうもののことで、偉そうだが偉くはない。偉くなんかないのにだいたいは偉そうにしている。劇で偉いのは俳優なのだけど、だいたいそもそも演劇のはじまりには俳優しかいない、観客もいない。なのに上手いやつ売れてるやつだけ「まぁ偉い」とそういう扱いを世間はするがあれはわかっていないし間違えている。劇はそのとき舞台の上にいるものら、俳優が、すべての支配者であり、偉いのだ。神様がいるとして、神様が見ているのは、俳優だ。台本があり演出がいて劇場の人がいてそこをつくった人がいて、照明がいて音響がいて、その他たくさんの人、観客もそうだ、がいるのにやつが見ているのは俳優だ。もしくは俳優を通して全部を見ている。

便所でうんこしててくしゃみしたら頭いってぇってなって。頭割れたのかと思った

血でも出ているのかと手を、左手だ、を上げようとしたが動かないから右手で触ってみたら血は出ていない。立ち上がろうとしてからだが崩れた。その時すでに左半身は動かなくなっていた。

だけどさ動いてないなんて思ってねぇからけつ拭いてから立ったら転んで

立ち上がれなくなった。何度も立とうとしたけど立てなかった。這って出た。

両手で這ってたつもりだけど右手だけで這ってたんだね。進まねぇなぁって思ったもん

それでも左が動いていないとは思ってなかった。床が近くに見えていた。

あんなに毛が落ちてるとは思わなかった

何とか寝床まで戻り頭痛薬を多めに飲んだ。薬が効いたのかいつの間にか寝て

象使いになった夢を見てた

前にも一度象使いになった夢を見たことがあった。

二十代の頃から週に三回オギタは人工透析をしていた。わたしたちと芝居をするようになってすぐそうなった。透析をするようになってとても疲れやすくなったし、ひどい頭痛もしょっちゅう起こすようになっていたから山のように薬を飲まなくてはならなかった。それが嫌になったのか理由は知らない。オギタも知らない。衝動だ。ある日手首を切った。わたしたちと劇を作って

いた頃の話だ。みるみる青いシーツに黒く血のしみが広がった。
オギタは何年もサナちゃんの実家に住んでいた。結婚もしてサナちゃん家の名字に変えたから正確にはオギタはオギタではなかった。サナちゃんはオギタの幼馴染で、芝居の受付やらをいつも手伝ってくれていた。オギタはサナちゃんが好きだった。サナちゃんにもオギタが好きだったときはあったはずだけどサナちゃんは「かわいそうでしょなんかあいつ」とはいったが「好きだった」とはいわなかった。
血が抜けていくと体温が下がるから寒くて震えた。少し寝て、朝早く暗いうちに目がさめて象へ向かった
夢でだ。なぜ象へ向かったのかの理由はなかった。象使いであることの説明もなかった。その前に色々あって何かおかしいと思いながら川への階段を下りていたら姉ちゃんが現れて姉ちゃんは
オギタに姉ちゃんはいない。弟がいる。
入院中だったようで入院用の寝巻きを着て歩き回ってて、どうした病院は？　て聞いてもどうも様子がおかしい。顔も腫れ上がってて。そこに看護師が来て、姉ちゃんを追いかけて来たみたいで、看護師が姉ちゃんの体に手をかけて連れ戻そうとしたら、姉ちゃんがそれを振り払ってしゃべれてないんだけど病院に戻りたくないようでそこで、あ、殴られてるんだ、て思って看護師を思いっきり蹴って突き飛ばして逃げて、空港へ象で向かうんだけど、進んでいくと道の端のほうが雪がとけていて。そのとけた雪が道のとなりにある湖につながっていて下手をすると湖の中に

象が落ちてしまいそうで、実際に落ちている象もいて、気をつけて行かなきゃと思っていたけどかたい雪がある道はどんどんせまくなっていって先に進もうとすると湖の中に落ちてしまいそうだったのでもう行けないと思って戻ると動物の剝製が置かれている店があって道沿いに熊、鹿、キツネ、ゴリラ、白熊、が何体もずらーっと並んでいて、その中の一つは動くんだけど象ではもう戻れない道になっていたから剝製の前をゆっくり歩いてたら茂みの中でトラが吠えて象が走り出して川に出た。橋は閉じられていた。浅い川だけどワニがいた

そこで目がさめた。からだ全体が痙攣したように震えていた。オギタは大きな声でサナちゃんを呼んだ。

サナちゃんが飛んで来た。

ささささ、サナ、て。ささささ、てなんの

てててててて手首、きききき切っちゃった

救急車が呼ばれて病院へ担ぎ込まれた。何日かして落ち着いた頃、オギタはサナちゃんに離婚を言い渡された。ずっと前から考えていたのだとサナちゃんはいった。

「手首あれしたから同情みたいにして考えをいわないのは何だか卑怯だと思うからむしろ今いう」

病院へはユイガが何度も見舞いに来た。ユイガとはオギタは劇を何年も一緒に作っていた。そこにはもちろんわたしもいた。ユイガがはじめて来た頃はまだ二十歳だった。オギタは二十四歳だった。ユイガは中卒だった。しかしこの後ぐらいから通信高校をやり始めて高卒となった。オ

ギタは高校は一度やめて入り直して卒業した。ヤマダがいた。ヤマダはわたしの高校の同級生で、俳優で、高いところが普段は怖いくせに、本番になると舞台の上の、七メートルぐらいある足場の外側に片手でぶら下がって軽々とせりふをいったりしたからみんなから尊敬されていた。他にタケウチとオーニシとメグがいた。メグはヤマダと結婚して子どもが二人出来た。オーニシはいつの間にかいた。ケンとタダもいたがやめていた。ヤダもいたがやめていた。ミウラもいたがやめていた。マユがいた。

川を渡って山へ入ったら真っ暗で、姉ちゃんに寒くないか？　と聞いたら姉ちゃんはサナになっていて、というか最初から姉ちゃんはサナで「さむい」といった。山の頂上についたら空は満天の星で明け方になる前にぽつぽつと村に灯《あか》り、

かがり火

が見え始めてかがり火の数は増えて右に左にせわしなく動いていて声が聞こえて来た。どこだ、といっていた。出て来い、といっていた

オギタを捜していた。

お前の嫁が泣いているぞ

サナを見たけどサナは泣いてなくてだから「泣いているぞ」はうそでサナは離婚の話をした時も泣いてなかった。泣いたのはむしろ

おれだつた

「いつまで寝てんのよばか」

サナがいった。

「何」

「何じゃないよこのばか」

母親の声だった。うるせぇなぁとオギタは目をさました。

だけど真っ暗なの。暗いより黒い。起きてんのに
枕元に黒い服を着た男が座っていたのが暗い中なのに見えた。葬儀屋だった。

早すぎだよ

ユイガが笑った。タケウチが喪服で見舞いに来ていた。ユイガは三十をいくつかすぎた頃、血尿が出た。半年ほど過ぎてようやくがんだとわかった。手術をして抗がん剤がはじまった。そのときオギタはもう透析はしていたけど半身が動かなくなったりはしてなかった。

タケウチは葬儀屋でアルバイトをしていた。バイト先がユイガの入院していた病院に近かったから、黒いスーツのままタケウチは見舞いに行った。わたしはタケウチに聞いた葬儀屋の話をはじめての小説『緑のさる』に書いた。

主人公の【わたし】は葬儀屋で働いている。【わたし】は劇団をしている。葬儀屋の仕事を済ませて【わたし】は電車で稽古場に向かう。稽古場に着くが誰もいない。その稽古場はいつもわたしたちが使っていた桜の木のたくさんある公園の中にある地区会館をモデルにしていた。わたしたちはそこを十年近く使用していた。誰も来ない稽古場で【わたし】は仲間を待つが誰も来ない。そして電話がかかる。仲間はやめるという。仲間は男が一人に女が一人。女は少し前まで【わたし】と付き合っていた。今は仲間のもう一人の男の部屋にいる。女にふられてその女ともう一人の仲間の男が二人で部屋にいて一人で二人を待つ稽古場の【わたし】に二人から「やめる」と電話が来る。二章のはじまりで【わたし】は海にいる。

波の音は慣れれば慣れるほど大きく聞こえた。

一章の終わりは夜で【わたし】は稽古場の前にいて雨が降っている。

屋根の雨水が、わたしの後ろにある樋を伝って音をたてて流れ落ちていた。見上げると、暗い空に黒々とした木が大きく斜めに見えた。

二章で突然海になる。帰るのが面倒くさくなった【わたし】はネットカフェに泊まり、始発で海に来た。来た理由をわたしは書いている。

帰ろうと駅に向かったのだけれどバイトも休みだし、急に海の見えるところへでも行こうと思い立ち、

海で【わたし】はキンバラを見る。赤いシャツの男に突堤の先へ引きずられている。そして発砲され海に突き落とされる。キンバラはヤマダだ。配役するならというより書いていたときからヤマダがキンバラだった。【わたし】の名前はタナカで、タナカはとくに誰ということはなかったが配役するならタケウチになる。わたしはキンバラに発砲した赤シャツだ。ちなみにこの場面はわたしたちが上演した『しんせかい』という劇が元になっている。わたしは同じタイトルで小説も書いているのだがそれとはまた違う。違うが同じだ。『しんせかい』という小説はわたしのある時期をもとにした小説で、わたしはかつて北海道の山間の【谷】につくられた俳優と脚本家を養成する私塾にいた。わたしは俳優になろうとしていた。そこでの時間がわたしの演劇体験のはじまりとなった。


入院したユイガをみんなそれぞれ見舞いに行ったがオギタは一度も行こうとしなかった。

「だって変じゃん」

ユイガにとっては最後となった、結果的にはそうなった、公演の旅先の宿でオギタはいった。晩飯は食べた後だった。酒も飲んでいた。

先に死ぬのはおれでしょ

みんな黙っていた。オーニシはいつもほとんどしゃべらなかったから、いつもと変わらず黙っていた。オーニシはいなかったかもしれない。その前の公演でやめていたかもしれない。マユはいた。そしてこのときはユがいた。マサトもいた。マサトは小さなときからわたしたちの劇に出ていて、小二か三。このときは五年か六年だったんじゃないか。ユは一つ前か二つ前の公演あたりから手伝ってくれるようになっていてこの回はじめて公演に俳優として参加していた。しかしわたしはこの二人がそこにいたおぼえがない。とするとそのときの公演じゃなかったのだろうか。しかしそうなると以下のやり取りの記憶が根本から狂う。

「まーしかしそれはオギちゃん」

ヤマダがいった。

めんどくせーんだけど
ユイガがいった。

ほんとめんどくせぇ
だけどそーじゃん。どう考えたって一番先に死ぬのはおれでしょ
「ちょっとええかな」「ちょっといいすか」

ヤマダとタケウチが同時にいった。

「あ、じゃ」

とタケウチが譲った。

「や、先いい」

ヤマダがいった。タケウチが首を振った。

「や、何ていうか、オギちゃんのいうてる事、聞いてると、何ていうの、確変？　確定入ったー、みたいな？　ユイガはもう確変確定、みたいな感じに聞こえるんやけど、まだそこはまだ、あれやん。未定やん。未定やんっていうか何ていうの。えーと」

タケウチは下を向いて両手で顔を覆って肩を揺らしていた。

「ヤマダさん」

ユイガがいった。

それはもうほぼ確変すよ
確変なんや

確変すよ

確変というのはパチンコ用語で、それに入ればそれなりの出玉が約束される。出玉が多ければ勝ったということになる。もちろん五万円もう使っていて、確変が来て、それなりに当たりを引いても換金された額が五万を下回っていれば負けだ。ヤマダはよくパチンコをしていた。わたしもしていた。だけどこの頃ヤマダがしていたのはパチスロで、それはスロットマシーンで、パチンコとはまた違うが機械の説明は面倒なのではぶく。

「や、まじでそうなんすよ。公演もこれが最後と思って来てますよ。わかんないっすよ？　来年またやってるかも。やれてたらやれてたでいいんすよ」

「めっちゃ写真撮ってるもんな」

「めっちゃ撮ってますよ」

「記念なんや」

「そうすよ」

変じゃん

オギタがいった。

「もーええって」

ヤマダがいった。

ぜってー変だよ

「オギタさんその変なスイッチ切って！」

マユがいった。タケウチが転げ回って笑った。翌々年の初夏、ユイガは死んだ。

くどいが最後の公演だったのならユとマサトはいたし、ユイガが死んだのが翌々年なら最後でもない、気がする。調べればいいのにわたしは調べようとしない。いずれにしてもユとマサトの二人がこのときのやり取りに参加してたおぼえがわたしにはまったくない。やり取りに参加せずともいたならじっと見ていたはずだ。聞いていたはずだ。何しろ二人はわたしたちをおもしろがっていた。その二人のおもしろがり方をわたしたちは、というかわたしは頼りにしていた。それなのに二人が記憶の中にいない。寝ていたのかもしれない。ユは病明けだった。マサトは子どもだった。

いや二人はいた。そうだ思い出した。

わたしたちはその日少し興奮していた。それはよその町での公演で、わたしたちは買い取られてそこにいた。主催者がいた。音響のマフユちゃんが、わたしたちの音響はいつも若いマフユちゃんで、他所へ行くときも現地で音を出す人が調達できなければ帯同していたのだけど、確か。そのときはマフユちゃんがおらず、

飛行機に乗れなかった。気圧が異様に作用するようになっていた。それは病だったとあとでわかった。

だから主催者が音響を用意してくれていた。しかしその音響がわたしにはとても怠惰に見えた。だからわたしは激怒してしまった。それで音響の人は来なくなってしまった。音響不在で本番をやらなくてはならなくなった。別の人を主催者は探してくれなかった。仕方がないからわたしした

ちは音響を自分たちの出番の隙間でやりながら公演をした。よく出来たと思うがやったら出来た。わたしはあまりにも頭に来ていたからその顚末をブログに書いた。今は削除したが主催者も読んだだろう。その家族もよく知っていたから読んだだろう。家に泊めてもらったこともあった。わたしに激怒されて来なくなった音響の人も読んだだろう。ユイガのことはその人たちは知らなかった。わたしはどうしてあんなに激怒したのだろう。これがユイガの最後の公演になるかもしれないと考えていたのだろうか。ユイガの最後の公演になるかもしれないのだからちゃんとやってくれ！　とでも思っていたのだろうか。それならそういえばよかったがいえないだろう。最後じゃなかったかもしれないのだから。

ユイガが死んでからしばらくユイガの声が耳元でした。寝ようとすると耳元でユイガがわたしの名前を呼んだ。ミナミちゃんからメールが来た。

　ユイガは一度も夢に出て来てくれません。私はその事に少しこだわってしまっています。ユイガと私は幼馴染でそれなりに長い付き合いです。ユイガが最初私に付き合おうよと言って来たのは中学の時で、私は断りました。私にはその時付き合っている相手がいました。一個上のダンスをやっていた人で、すごく格好いい人で、それに比べたらユイガは少し馬面だし、顔立ちはきれいだと思いましたが、バランスが変で、よくみんなも「鹿」といってましたよね？　私は鹿とみんなが言うたびに、いや鹿じゃなくて馬でしょと思っていました。だからその時は断りました。だけどユイガはしつこくて、高校の時にもまた付き合おうよといって来ました。といってもユイガは高校には行ってませんでしたけど。通信高校を始めるのはそのもっとずっと後の事です。その時も私は断りました。その時は別に付き合っている人はいなかったけど、ダンスの人とは別れていましたし、でもユイガと付き合おうとは思えなくて、ユイガは少しチャラついた感じになっていたしクラブとか出入りして。家に帰らなくなったりしていて。ユイガ母も心配（ほんの少し）して、私の母に相談、というかお茶飲んで話したかっただけだと思いますけど、したりして。だけどご存じの通り私の母はあんな人ですから、ユイガ母もそうだけど。大丈夫よ男の子だし、女の子でも大丈夫だけど、ていうだけで。ユイガ母は明るい人だから、いつもまだ泣くけど私が心配なのはお父さんです。お父さんは泣かないのです。髪の毛が真っ白になってしまって。泣いた方がいいんですよね？悲しい時に泣かないでいると気持ちの奥の方にたまって固まってしまって取れなくなると聞いた事があります。私は何とか泣かせてやろうとユイガの話ばかりしてみるのですが、泣かすために嘘も混ぜて。だけどお父さんは微笑んでいるだけです。私はとても心配しています。お父さんは私を心配しています。お父さんは私の父が死んだ時もとても心配してくれました。母が恋人と家を出て行って父はすぐに病気がわかって入院しました。その時はもうユイガと付き合っていました。母が家を出て行く前でした。ユイガが何回目かの付き合おうよをいって来たのは。ユイガには何でも話せたし、母の事も知っていたし、私は話し相手がほしかった。妹とも話せたけど、身内ではない人間と話したかった。ユイガは父のお見舞いにも何度も来てくれました。父は最初、何だあの茶髪のロン毛はと怒っていたのですが、話すうちに仲良くなっていました。その時ユイガからもらった手紙があります。

前略、ってこういう時に書くのかな。どーも。元気？　この間お父さんの病院で泣いてたから電話しようと思ったけど電話だとまた泣いちゃうかもだからハガキにしようと書き始めたら長くなったので手紙にしました。あの日お父さんと何話したかちゃんと話してなかったので書きます。お父さんはおれにお前結婚すんのかと聞きました。結婚とか考えた事なかったから、えーと、ってあせったんだけど、でもずーとお父さんはおれの顔見てるし、ここで考えてませんとかいうのもどうなのって思って、「はい」っていっちゃって。そしたらほんとかってお父さんいって、だからおれ、また「はい」っていって。なんかドラマみてぇじゃんとか思って。感動のシーンじゃんとか思って。だから「そうか」ってお父さんいうのかと思ったら、「なめてんのかお前！」って怒り出してちょーあせった。あんなに弱ってんのに怒るとすげぇ大きな声出るんですね。どうやって食べていくんだとかいわれて、でもそこはおれ、あれこれバイトしてるし、食うのは大丈夫でしょって思ってるからそういったら、歳とった時どうすんだっていわれて。あーそうか、ってなって。歳はとるんだよなって思って。だからおれちゃんと働こうと思ったのです。会社みたいなとこ入るとかそういうの。ミナミも働いてるし、おれも働けば大丈夫だと思うし。ぶっちゃけどうとでもなるって思ってるけど、そこはお父さんに安心してもらうっていうか、そんな感じで。嘘つくのもいやだし。どうかな。何が？　っていいましたよね今。えーとだから、結婚とかどう？　これって会って話す話だとも思ったんだけど、会っても話すけどその前に手紙でと思って。プロポーズ手紙って事で。封筒さかさにしてみてよ。指輪入ってないから。じゃまた。

ユイガの声が耳元でする話、スミトさんがそういってたってオギちゃんに聞きました。私の夢には出てこようとしない。ユイガは何か話していましたか。私に伝えるような話はないですか。ユイガは今どうしていると言っていましたか。ユイガのお骨は今もここにありますいた時のようにいます。いつかお墓に入れなきゃなんでしょうけど、しばらくはずっとこのままでいようと思います。

喪服の男は小さくつぶやいていた。しかし母親の声が邪魔をしてオギタは聞き取れなかった。

ぶつぶつうるせぇんだよ

「ランク、と申すのもあれなんですが」

男はいった。

どうなさいますかねランク

男は葬儀の値段の説明をしているようだった。

おれのね。おれのそーしき

お高いものとなると何百万円から、

下は、まーそうですね、十万円

それでいい

とオギタはいったが声が出ていない。

「起きないの？」

母親がいった。

「最低ランクでよろしいんですね？」

男がいったら男を母親がつまんで丸めて窓の外へ投げた。やっぱり夢かとオギタは

思った

だとしたらそのあと母親が救急車を呼んで搬送されたことも、病院で左半身が動かないと知ったことも、動かない今も全部寝て見ている夢かもしれない。

夢か、もしかしたらしゃぶの見せてる幻覚かもしんねぇじゃん

オギタがしゃぶに手を出したのは倒れて半身不随になる前だ。しゃぶはホセからもらった。ホセは金を稼ぐために一人で遠い国から来ていた。最初は飲み屋街で小さなアクセサリーを売っていた。しかし売れずに住んでいたアパートを追い出されオギタの家の前の公園に寝泊まりしていた。ホセがいたのがオギタの部屋の窓から見えていた。冬寒そうにしていたホセがかわいそうで、穴の空いた毛布をオギタはホセにあげた。それから二人は話すようになった。雪が降った。寒いだろと聞くとホセは

「さむい」

といった。部屋に連れて来て飯を食わせた。そのままホセは居着いた。オギタはサナちゃんに追い出されて一人で部屋を借りて住んでいた。しばらくするとホセの金回りがよくなりはじめた。小遣いもくれるようになった。ホセはオギタがいつもつらそうにしていたのを知っていた。
「しんどいか」
とホセが聞くから
「うん」
とこたえた。
オギタが寝て起きるとテーブルの上にへたくそなひらがなで書かれたメモ
つかいたかったらつかえ
おまえこまったときたすけてくれました
の下に透明な小袋に入れられた白い粉が置いてあった。知らないものではなかった。人が使うのを何回も見たことがあった。同じようにやればいいのはわかっていた。数日後、どうだったとホセが聞いてきた。よかったとこたえた。そしたらまたくれた。ありがとうといった。ひと月かふた月かもっとか経った頃、朝早くから玄関を叩く音がしたからあけたら警察がいた。執行猶予で済んだ。
左半身は動きません、とどこかではっきり言われたのかと聞くと
言われてないんだよね
とオギタは言った。

や、聞いたかな。何かいつの間にかリハビリが始まって、や、言われたおぼえはないな

だからオギタは長い間、起きたら治ってるんじゃないか、突然動き出すんじゃないかとの思いを頭から外す事が出来なかった。しかしオギタはおぼえていないだけだった。見舞いに行ったとき、前より元気がないからどうしたと聞いたら

「医者がこれはもう動きません、つった」

とオギタはいった。

音響をしてくれていたマフユちゃんは慢性疲労症候群という難病でいる。カフェで働けるようになったから一度来てくださいと連絡があった。通勤はできないから遠隔で客の対応をするのだという。客は店でロボットから聞こえて来るマフユちゃんの声を聞く。

オギタは今小説を書こうとしている。

かたわ小説

かたわ小説って何

左半分が動かねぇの

右は動いてんの。止まってないから大変だよ。字なんて止まってくんないと読めないでしょ

どこでその字を、この字！　ってすんのか難しいよー

ずーと動いてっから
これは全部止まってるでしょ
止まってるから読めてるでしょ

夢ではまだ動けてる
いつか夢の中でもかたわになるのかな
そうなんなきゃ一人前のかたわとはいえない

最近透析きついんだよね。そうなんだよね。前よりやっぱきついんだよね。何でか知らねぇけどすぐだるくなっちゃう。今日は元気、って時がほとんどない。ない。ほんとない。どうしたの？　ってくらいにない

わたしはいつ頃からだろう、大きな手術を二度した後ぐらいからだろうか、気がついたらいつもだるい。手術だとまじないをかけているが腹を裂かれたのだ鋭利な刃物で。誰も触れてこなかった内臓を知らない他人に触られたのだ、自分でする切腹よりもひどいこと。そうなって当たり前だ。気圧の変化にからだがうまく対応しない。だいたいいつも頭が薄く痛くて首や肩や腰が痛い。どうにもならないというほどではないけど常にそうだ。それなりに気にしているが結局ずっと深刻でい続けられもしないから、いつの間にか慣れてそれが普通になっている。なっていた、

と過去形で書きたいが今もそうだ。十年前はこうじゃなかったのだから十年後はどうなるんだ。動けなくなるんじゃないか。階段なんか上れなくなるんじゃないか。生きているとして。大人になりたくない、それでもなる。なるんだったら仕方がない。それに少しやっぱり楽しみでもあるから大人になったらあれしようこれしよう、と空想する中学生に似ている。違うようで同じだ。老化は成長だ。

ねー

頭は絶対打つなって医者はいうんだけど、打つな打つなってあんまりいわれたら打っちゃいそうで怖いんだよね

腹はへる。うんこはする。しょんべんはほとんど出ない

ばーちゃんまだ生きてる。百歳こえてる。その血を受け継いじゃってるから、もしかしておれ、長生きとかしちゃうんじゃねーの？　ていうのが、今の最大の悩み。あと五十年ある

お袋もばーちゃんとおれの世話して疲れてるに違いない。もう年だし。親父は何にもしない。たまに車出してくれるけど、あいつ方向音痴だからね。ここどこだ、っていつもけんか

五十年。五十。日で計算してみてよ。三百六十五かける五十。いくつ？
うちの週三、透析。何回よ

五十年

それは長いのかな

オギタが小説をやりかけたのをわたしは知っている。書きさしを読んだ。だけど中身は忘れた。夢の中ではまだ動けているというオギタの書いた小説は、小説も、動けていた。左も使えるもの（しかしオギタはもう左は使えないのだから、空想の、かつての）の速度で書かれていた。だから中身をわたしは忘れたのだろう。それはわたしたちが集まりで、わたしが書き散らしたあらゆる書き言葉をみんなが口にしはじめるのを見たときの印象と似ていた。書き言葉、せりふ、を口にしはじめたときの俳優はまだ自分を使わない、というか使えない。使用するものが自分しかないとあきらめて、成長の速度、日々変化している唯一の道具でしかない自分に注意深くなるしかないと知ってようやく、自分を使いはじめるのだけどそう出来るようになるまでにはやはりそれなりの時間がかかった。一週間や二週間というよりは、五年十年。たまに偶然、書かれた言葉を見たその瞬間に自分を惜しみなく使い尽くす、尽くせる、というときもあるのだけど、中にはその仕組みというかやり方をつかみかけている勘のよいものもいるのだけど、子どもとか。しかしそれは長続きしない。

オギタにはまだ時間がある。何しろ長生きの家系だ。明日で終わるかもしれないが五十年ある。

アンセが住み込みをしながら働いていたカフェへオギタも居候をしはじめて半年ほど経っていた。アンセはFICTIONのときからあれこれ手伝いをしてくれていた男で、わたしたちの公演に出ていたことはなかったのだけどいつも近くにいて、いつの間にかカフェにいた。二人を受け入れてくれたのはカフェのみーこさんで、カフェの母屋の二階の奥の間にはみーこさんの連れ合いの七十になるユーゾーさんがほとんど寝たきりでいて、脳の血管が切れて倒れて一年が経っていた。

ユーゾーさんは長年にわたって演劇を作ってきた。一人芝居というものを刷新し興行的にも成功していた。たとえば一人芝居というのは独白でもない限り数人で話しているその中の一人だけ、をやる、のだけどそれだと何の話をしているのか客にはわからなくなってしまう。だからだいたいの一人芝居というのはそこを工夫して、相手が何を話しているのかわかるように作る。せりふで説明したりだとか。ユーゾーさんはそれをやめた。ずっとうなずいてるんならずっとうなずいていればいい。「お話」を見せたいんじゃない。客が見るのは世界の只中にいる一人の人間だ。人間が見えればいい。人間を見るのが演劇だ。

わたしが知り合ったのはその頃で、わたしの出ていた芝居をユーゾーさんが観た。芝居でわたしは父親から農地を引き継いだばかりだった。結婚式の場面からはじまって式を終えて幼馴染と山へ行く。わたしたちはそこを切り開いて農地にする計画を持っていた。だから幼馴染と「ここかぁ」などといいながら山を見る。そこで山に住む小人と出会う。そして山を壊すなと警告される。観終えたユーゾーさんはわたしに「あそこはちゃんとあんた山を見なきゃいけない」といった。「こうやって」と手のひらを目の上にかざして、

見るんじゃないよ？　ほんとうに見るんだよ？

何でとか聞くなよ？

ほんとうに見る、という意味がわたしにはわからなかった。わたしはまだ二十五とか六とか。「和を乱す」と演出家に激怒され降板させられたのが二十七だからそれくらいだ。

幼馴染は小人に従おうとする。山を壊しちゃいけない。あんなものは酔って見た幻だと聞く耳を持たないわたしは幼馴染を批判する。結果、幼馴染は山で死ぬ。自殺する。わたしの役は自然災害により畑を失い破産する。「シェークスピアだな」とユーゾーさんはいった。大きなものに翻弄されるしかない人間の話。ようは人間全体の話。

シェークスピアって知ってる？　知らない？　読まなくていいよ。読んだってわかんねぇから。

あれは子どもか年寄りにしかわからない

そのときをきっかけにわたしはユーゾーさんの元へ通うようになり、二年ほど、チェーホフやベケット、そしてシェークスピア、の名前、をおぼえた。中身を理解したはずがない。興味がなかったのだからそうだ。しかし書くということをおぼえ、その行為には興味を持った。そこにいた何人かと演劇をする集まりを立ち上げて、その集まりにFICTIONと名前をつけて、人が入れ替わりながらわたしだけは変わらずい続けて、結局十六年続けた。そして小説を書くようになった。

そのユーゾーさんが死んだ。

ここまで演劇の当たり前を疑い生きてきた人なんだから普通の葬式なんか今更出来んでしょ、全国各地で「パーティー」を開催してDJをしているユーゾーさんとみーこさんの長男のばんが

「だからフェス」

といって、ユーゾーフェス、そう名付けて、葬儀屋なんかいらない、だけど必要な書類だとか棺桶とドライアイスだけあれしてくれと最低限にだけ頼んで、二階で死んでいたユーゾーさんをみんなで担いで下ろして、一番安い棺桶はさすがに安普請で入れようとしたら歪むから、

「そーっとそーっと、雑にすんなよ」

とかいいながら、

「早く入れちゃえよ」

とみーこさんが笑って、入れて、それを動画に撮って、棺桶にみんなで絵を描いて、言葉を書

いて、ちょうどハロウィンの時期だったから仮装した子どもたちがたくさんいて、子どもたちも書いて描いて、フェスをやったのが平日だったから来ることのできない人もいて、それでも大勢来てくれて、朝になり焼き場へみんなで車で運んで、焼かれるその直前にばんが

ユーゾーの千秋楽です！

と澄んだ声で叫んで、ユーゾーさんは焼かれて灰になった。

何か出来ないかという話に当然のようになった。ユーゾーさんで何かつったら芝居だ。芝居をやろう。じゃあここらのこの日を本番、とすぐに決めて稽古をはじめてみた。台本なんかなかった。前もって書くやり方もあったがユーゾーさんはユーゾーさんにとっての演劇の時間の早いうちから事前に書かれる台本は手放していた。台本がなかったわけじゃない。やる前に書くのをやめていた。やりながら書くのだ。紙にというよりはからだに。それに従おう。せりふは役者がその場で作る。稽古はせりふ作りの時間だ。書かれたせりふに俳優がにじり寄るのではなく、俳優がしぼり出す。

出演したのは居候のアンセ、オギタ、それから、たえ。たえというのは遠い街から妻子と離れてカフェに居候していた五十前の、

サプリ

を売り歩いている、それをしながらユーゾーさんと二十年近く芝居をやってきた、パリの演劇学校をそれでも出ていた男。

一人ずつやるか三人まとめて出てやるか。しかし三人並ぶと見た目がおもしろい。たえは背が高い。アンセは背は低いが頑丈なからだをしている。そして半身不随のオギタ。客に何が見えているかは重要だ。からだの様子の違う複数がまずは見えているというのはおもしろい。

まずは誰か口火を切ろう。誰でもいい。何をするのか誰もわかっていないのだから安心してはじめてみよう。といわれても普通はなかなかはじめられないものだが、そこは三人はユーゾーさんと何度もいつも稽古していたから、誰かがはじめなければはじまらないことを知っていたから、しばしの沈黙の後、アンセが話しはじめた。

工場で働いてたんすけど、こっちに厚めのビニールあって、長いと五メートーくらいのアルミサッシ運ぶからぐにゃぐにゃしてないとだめなんすよ。その向こうは外。雪、と氷。マイナス十とか

アンセは思い出しをはじめていた。かつての時間の思い出し。体験などしていない、まったくの嘘、ではじめてもよかった。本当だとか嘘だとかそんなことはどうでもよかった。口にしたそれに当人が誘導されるのなら何でもよかった。アンセは思い出しではじめた。

ラインが十五本くらいある大きい工場のいちばん端だから寒いんすよ。夕方五時から朝の五時まで。ライン長はいいださん。マスク着けたミョースクくん。自分の中ではミョくん。年下だから。ま、ミョースクさんて呼ぶんですけど。社員だから

円陣組んで。今日の、気を付けることは、階段の昇り降りについてです。階段を走って昇り降りすると、踊り場でぶつかってしまうかもしれず、危険です。なので、階段は歩いて昇り降りし

ましょう。ゼロ災で行こう、よし。みんなで、ゼロ災で行こう、よし。あぁ、やだなぁとか思って持ち場ついて。ガンガンガンて鳴りはじめて。耳栓つけて。あれすぐ黒くなる
いくらでも続けられそうだった。いくらでも思い出せる、というそのことにアンセが快感をおぼえはじめていたから退屈だった。話しはじめる前の沈黙の時間が短すぎたのかもしれない。何をどうしたらいいんだという不安、恐怖、こそが重要なのだけどそれがなかった。もしかしたら準備して来ていたのかもしれない。準備して来たことはつまらない。手の内はつまらない。
「何かやれよ」
一瞬止まった。アンセは考えていた。「何かって何」と聞き返さないのがよかった。聞き返したらだめだ。少しでも安心しようとしたらやる側も見る側も外へ飛び出せない。
ぼく短時間で汗かくの得意なんすけど
それいいじゃん。
ふっ
とアンセが全身に力を入れた。入れたまま
で、帳面見て、最初これって、持ってきて、210の210の316、機械セットして、ガン、踏んで穴あけて、梱包、積む、帳面見て、探して
見る見る粒となって汗があらわれはじめた。見ていた数人、わたし、がくすくす笑った。
セット、踏む、梱包、下から積む。以下繰り返し。休み時間は駐車場で弁当食べて。駐車場から五十メートルぐらいずれたところにキツネ三匹と猫二匹が一緒に住んでる場所があって。仕事

前に買ってきた缶詰あげるんです。したらキツネはワッて出て、猫はこう身ぃ引くんですよ。だからこっち出してる間にすぐこっちにもうひとつ出して。その残りかすをカラスがつついて

「アンセさん大丈夫？　すごいよ汗」

とアンセが突然汗にふれた。口にしていた思い出しとは別の動きで並走させていた汗を話にクロスさせた。見ていた数人が笑った。

「帰っていいよ、大丈夫だから」

アンセがいつあらわれたのかよくおぼえていない。気がついたらいた。アンセは北で生まれて古い軽自動車に乗っていた。いつもそれに乗せてくれた。他に人がいたらほとんどしゃべらないのに二人になるとよくしゃべった。がんの治療の副作用できんたまがソフトボールくらいになっていたユイガが、歩きにくそうにガニ股で、北で行われていた劇の稽古にあらわれた時、ユイガはアンセのアパートに泊まった。みんなアンセのアパートに泊まった。いつもアンセは「いいすよ」といって泊めてくれた。そこは布団屋をやっていたばあちゃんの持っていたアパートで、半地下の倉庫には布団にする綿がたくさんあった。

話は止まったようでアンセは黙っていた。まずは自分の番は終わったということだろう。展開することはなかった。となればすぐに誰かバトンを受け取るべきだ。オギタかたえか。オギタが話し出した。

ベッドに寝ててね。点滴されててね。で、ポタン、ポタン、ポタン、ポタン、ポタン、ポ、ポア、ポア。て落ちないの。モアーンてなったまま止まったかと思うと、またポタン、ポタン、て

落ちてくるから、なんか、んもーってなったりして
　で、そんなの見てると、もーいっかなーっとか思っちゃってねー、この管ピッて切ったら血がプーてなるわけじゃない？　で、眠剤も飲んでるしだからピッとやってプーとなったら楽にいけるんじゃないかと思ってね
「何回目や」
　たえがいった。オギタが笑った。少なくとも二人は同じ空間にいたらしい。そしてよく知る間柄らしい。オギタはオギタであるらしい。たえはたえでいるということらしい。おそらくアンセもそうなのだろう。しかしアンセもオギタも、それぞれに向かって話していたというのではないらしい。だとすると見えない誰かに向かって話しているのか。まさか観客か。まだよくわからない。
　持ってたナイフでピッとやって、切った管の先っちょをこう、くっと折り曲げてね
　動く右を器用にオギタは使って手振りをしていた。しかし話しているその場面のときは左も動いていたのだから左の動かせない身振りは嘘だ。嘘だからこそ瞬間時空が歪んでいたのだけどオギタにその自覚はない。
　じゃないとプーッと出たのが床にたれちゃうとナースが見廻りに来た時バレちゃう。バレちゃうとおれの計画ダメになっちゃうから、くっと折り曲げたまま布団に入れて、こう隠してね。すると段々と腰の辺りに生温かい感じがしてきて目がさめた。あー血が出てるなーとか思ってたら
　クラっ！　てすんの！
　横になってんのによ？　クラっ！　て！

だから、え？　これは危ないのでわ？

生命の危機なのでわ？　って思って
大変だ！　危ない危ないって、慌てて管の先っちょさがして、またくって折り曲げて、病室出て廊下の先のナースステーションまで歩いて、あ、その頃はまだ両足動いたからね、スタスタスタって歩いて行って、
話がおもしろいから聞いてしまう。

「すいませーん、切っちゃったー」

つって。したら、あーあーなにしてんの？　って。切っちゃった、とかいうんだけど、なんか軽い。対応が。もっとこうなんか、オギタさん！　とかじゃないの？　とか思うんだけど全然そんなじゃなくて、

「点滴なんて静脈に刺してるんだから死なないわよ」

って。ナース。さすが。はい刺し直すから部屋に戻って、つって。で、部屋戻ってベッドみたら、思ってる程の血溜まりはなくて何か小さいシミで、すげぇ真っ赤になってんのかと思ったらそーでもなくて。

話が止まった。間が出来た。終わったのか。交代か。しかしオギタはゆっくり動かない左腕、左手の指を揉んで伸ばしたりしている。

結婚する前十年位付き合っててね
調子変えて続けた。

その頃はバイトもしてて。バイク屋さんでしてたの。してんだよバイト。うん。で、ある朝出てく時におれを呼ぶから奥さんが。元奥さんその時は彼女ね。

「トシー」

彼女が。

「何ー？」

つったら、

「アタシ結婚するよ」

て言うからさ、びっくりして、

「え？　誰と」

て、ほんとにびっくりして、

「え？　誰と」

て聞いたら、ケタケタ一て笑いながら、おれ、を指差して

「君と」

って

オギタが左手を触るのをやめて、しばし黙って。

何の話だっけ

すかさずたえが立ち上がり、話し出した。

空はまだ暗いんだけどバスが一台ロータリーに入ってくるから、あー、やっと帰れるって近寄るけどドアが開かない。

薄く揺れながら立っている。バスの中にいるらしい。いやわからない。

運転席見たら人がいない。誰かいる。と右の方に金髪の女の子がいて。パンをかじってこっちを見てる。

世界のパン　ヤマザキ

バスちゃう。パンのあれ。配達のやつ。時計見たらまだ四時。コンビニ入る。

後ろを見る。前を見る。

カバンてな、消えんねんで。持ってるやろ。消えんねん。地下歩いてると

と歩く。地下を歩いているらしい。たえは勘で、といっても適当にという意味じゃない。勘は精密な何かだ。これまでの経験、元々もつセンサー等のすべてが動員されたもの。それが適当に、発動して、発動させたのじゃない発動したのだ、何かを押し広げよう、もしくは突破しようと場所を目まぐるしく変えようとしていた。しかし発動させていたのは勘だから本人はそれがどこへ向かおうとしているのか知らない。崖っぷちを歩いていた。もしくは真っ暗の中を見えているかのように歩いていた。それはチャンスだった。何も決まっていないのだからどうとでも出来た。しかし全体は、かかとがついてしまった状態、にあった。武術でいえば居着いた状態。ジリジリと睨み合うが足が動いていない。見ていたわたしもそうだった。居着いていた。突然何かを思い

つきすべてのカードがひっくり返るときもあるが、どうすればそれが来るのかわからない。何度経験していてもわからない。わからないということだけわかる。だからわからない不安なままそこにいればいいのだけど、よく出来たものでそこにいることに慣れてしまう。不安な状態に慣れてしまう。恐怖し続けることを動物であるわたしたちのからだは拒絶する。だから何かしらの教養、それに基づいた意志の力がいるのだが、教養がないから意志がなえるとどうにもならない。意志は教養に勝るということも知ってはいるが、いかんせん意志は思い込みと体調による。元気で上機嫌でなければ意志は発動しないし、何度か成功したという思い込みがないと動こうとしなくなる。何度やってもだめだったじゃない。

もうわたしは動かないわよ。

アンセもオギタもたえも、失敗の経験が成功を上回っていると思い込んでいた。思い込みなのだけどどちらにしても思い込みだから、負けの思い込みはピンチのときタチが悪い。まただ。まただめだ。しかしだから止めるのにはまだ早い。続ける。

定期出そう、おもたら、ほら、ないねんカバン。さっきまで持ってたカバン。持ってたやん。ここに。

右手。

でもないねん。後ろ向いてもないやん。でもな、持ってたやん絶対。持ってたよ。重みが、カバンの、手に。五十メートルくらい戻ると。あんねん。誰が使うねん？　ていう緑の、テレホンカード入れる電話の下に置いてあんねん。今の子は緑の電話の使い方知らんらしいね。それをこっちは知らんもんね。一台の、緑の機械で、知らんが二乗する。それであれこれ話が通じると思い込んでるこの傲慢。おれのカバン。おれここで何しててん？　誰か教えてや。

一度たえは止めた。ほんのわずか。動かないと思っていたのかもしれない。やめそうに見えた。しかしやめたって次動かす案は誰にもないのだ。となれば動かし続けるしかない。書いてみるしかない。書いてみてだめなら書き直せばいいのだ。わたしはこれを書き直している。

「続けて」

ドア。ここ。

手で、ドア、を示す。場所を変えたらしい。

ここから先、家。左が僕の部屋で。

自分の家の前にしたらしい。よく知る場所ということだ。ええと何だっけとならなくていいところ。次から次に見ようとせずとも見えてくるもの、ところ。たえには家が見えていた。今は離れて暮らしている家族のいる家。

ああそうか。ユーゾーさんはそれをいっていたのか。ちゃんと山を見なきゃ。わたしが演じた青年はそこで育っていた。山を見て育っていた。どこにどんな木があり、どの木が台風で折れたか知っていた。知っていたから見もしない。見ているという説明をしない。だって、そうなんだから。そこにあるしそれは何遍も見て来たことなんだから。しかしだからといってどうすればそうなるのかがやはりわたしにはわからない。たえはどうだ。たえは何も見ていない。

ベッドここ。この辺。ここで寝てる。すぐそこ。五メートルもない。

言葉にした後から景色がはじまっている。言葉にする前に何かを見たりはしていない。せりふだけ口にしていればよかったのか。役は見えていたけどわたしは見えていないのだから、わたしは何もせず前だけ見て、「あそこの」とせりふだけ口にしながらぼんやり指でもさしていればよかったのか。

たえがその場で寝そべる。

なのに、ここで、朝まで寝てんねん。

目ぇさめて見上げると新聞受けに新聞ささってんねん。にいちゃんおれまたいで新聞さしたんかおもたら、起こしてくれやって。

立ち上がり、今度は新聞配達のかたちになった。あれこれ試していた。

こんなとこで寝たらあきませんよ。家すぐ目の前ですよ。

たえに戻り立ち上がり、ドアノブに手をかけて。

ガチャっとドア開けるやん。暗いのはいつもの事やねんけど、なんかかたづいてる気がしてなあ。ははぁん。そうかそうか。とうとう出てったな。嫁はん、子ども連れて。はいはい。はい、そりゃそーやろ。そんだけのことしてきたからな。おれが嫁やったら、こいつの嫁なんか絶対いややし、出て行くし、居間に行くと、ぬいぐるみとかベイブレードの板とかかたづいてるやん。やっぱりな。

たえが子といるのは何度か見た、親子に見えなかった、似ていなかった。遠い親戚の子どものように見えた。その子は男の子で太っていた。

お菓子ばっかり食べてますからね。

フランスから帰って来て、何をするわけでもなくふらふらしている時、ユーゾーさんがたえの暮らしていた遠くの街の劇場に演劇のワークショップに来た。たえはそれに参加した。

「何にもできないのなあんた」

ユーゾーさんは小馬鹿にするようにいった。たえはそれがどういう事なのか知りたくて、また来たユーゾーさんのワークショップへ通った。一度目はユーゾーさんは劇場の企画で来た。二度目からは自腹で来た。その事もたえは不思議だった。自腹で終わったらみんなに飯を食わせて片足のユーゾーさんは帰って行った。それでもたくさんいた参加者は、帰れ、二度と来るな、またおいで、よー来たか、よく来たね、を繰り返して週ごとに減り、半年ほど経った頃、

この集まりは社会人だけにしよ。学生はだめだ。気の合う人とだけで作られた世界しか見てねーから演劇にならない。

たえをユーゾーさんは指差していった。

「あんた学生じゃないけど、あんたもだめ。就職しな」

たえは就職した。ワークショップの集まりにいた女が妊娠した、たえは女とはいつ頃からか付き合っていた。一人目の子どもが生まれて女の子で、二人目が出来て男の子が生まれた。いつ頃から家へ帰らなくなったのかは知らない。

一人もえーかーって。だれに気兼ねも言い訳もいらんやん、ほんまいうとどこかでね、これを待ってたふしがおれにはある。

笑う。その笑いはそこではじめて見つけたもののように見えた。
テーブルの上、請求書の束、コラーゲン、鏡、ピアス。嫁はんここで化粧とかしてはるからね。漢字ドリル、鉛筆削り、かたづけるんちゃうねん、置き手紙とかないか一応探してみる。ない。トイレ入ると張り紙してあって、飛び散り禁止、て。座る。トイレットペーパーの芯が二個二個二個二個八本並んでる、毛とか埃が見えてきたから、ペーパーでこうやって、
しゃがんで、腰のあたりは便座から少し浮かして。
拭きはじめる。やり出したら奥まで。マットの下、便器のへリ、ズボンおろしたままで
便座を上げて。
便座上げたここが一番汚い。こすりまくってあきらめて、ポイ。ズボンのケツポケットから携帯だして、フェイスブックとか見る、いいねとかないか見るけどない。すぐ閉じて、ライン。嫁からライン、来てる、
リッちゃんと来来軒でラーメン食べてます。今日遅い?
今家
くる?
今から行ってもいいのかな
チャーハン残ってるよ
行きます

カフェを出ると夜で、右へ歩けば大きな川に出た。車道を渡り、土手を越えたら川で、土手にはみっしりと草が生えている。その草を踏んでおりるとサイクリングロードが一瞬あって、草地になって、草地を抜けると石場になった。水の音が近くなって、今いるそこがもう川だ。対岸に灯が見えて、Amazonとある。熱帯雨林の中を下る巨大な川じゃなく地球規模的大企業の大きな倉庫。そのAmazonの下、小さな灯。土手にホームレスがいた。

「ここは楽園だね」

といったのはオギタだった。何の話をしていてそういったのかは忘れた。稽古の中での言葉だったようにも思う。

ここは楽園だね

カフェには学校に行けなくなった子どもがたくさん来ていた。家へ帰るのが嫌な大人もたくさん来ていた。オギタやアンセやたえだけでなく他にも居候がいた。みんなで飯を食い、歌い、劇をして、踊った。行くたびに新しい顔がいて、いなくなった顔があった。川みたいだった。来ては流れていった。流れずにいつもそこに立ち続けていたのはみーこさんだった。激しく泣いたり笑ったり、もううんざりだと投げ出しかけたりしながら投げ出さず、投げ出せず、小さな堤防みたいにしてみーこさんはカフェにいた。わたしには教会に見えた。わたしはもうそこへは行かなくなった。

楽園

楽園だねといったオギタにアンセが薄くうなずき、たえは黙っていた。劇のタイトルをとした。

アンセ大臣
なんでしょう、オギタ提督
一等兵と二等兵はどっちが上?
一等兵
一が上か、二より偉いのか、数字が増えると下か、じゃ、百等兵がいい
僕も下でいい
そうだね
メールとかで指示されるのすごい好き

やりとりにしてみたらしい。

黒豆を水に漬けておいて、
おれも箱は作れる。箱、折り目ついてさ、たたんである箱あるじゃん。まずこうはしっこ持ってもってきて、ここにこうこのへんの腕でね、あててね、こう口を開けさせるわけよ。それで開いてるうちにこのべろをさ、もって閉まらないように。で、指入れて。そん時々で指は変わるけどまあ、中指いれたらさ、薬指でふた部分を折るわけ。で、折りにくかったらさ、こう人差し指で折るわけよ。で、押さえながらさ、あごでこうちょっと、
ぼくら両手動くしね。

別にひけらかしたいわけじゃないんだよ。

行きます?
行こう
行きますか

行きます? といったのはアンセだ。ベケットの『ゴドーを待ちながら』だろう。前に一度アンセとやったことがあった。相手はFICTIONのヤマダでヴラジミール、エストラゴンがアンセ。エストラゴンは道端に座って靴を脱ごうとしている。しかし脱げない。ヴラジミールが来る。あれこれ話しはじめる。二人はずっと道にいる。そこから動こうとしない。そして最後にこういう。

ヴラジミール　じゃあ、行くか?
エストラゴン　ああ、行こう。

ト書きにこうある。

二人は、動かない。

ヤマダはそれが最後だった。これを最後にすると確かいっていた。子どもが二人いたし、他にも事情があった。十六、七のときからの付き合いだったからずいぶん長い付き合いだった。その後会ったのはユイガの最期でそのとき以来会っていない。電話やメールもしていない。

三人はまだやめようとはしなかった。終わりの判断は難しい。役者がするからなおのこと。時間でいいんじゃないか。タイマーでもセットしておいて鳴らす。

たえが話し出す。

助手席にね、乗ってるとね、後ろ見ると荷物がつんであるわけよ。いっぱいね。その荷物と荷物のすきまからおかんが見えるわけ。で、だんだんちっちゃくなっていって、おかんがね。で、高速道路に乗って、オレンジ色の光がシューン、シューンって。で、親父が横で運転してるから。で、本当はテレビが見たかったの。いろいろやってたから。プロレスとか。新日本プロレスね。八時から。十時からはね、必殺仕事人。見たい番組がいーっぱいあったの。九時からはハングマン。ザ・ハングマン
声に情緒が混じっていた。疲れて来ていたのかもしれなかった。そのとき偶然オギタの携帯が鳴った。一瞬躊躇してオギタが携帯に出た。

もしもし。うん。あ、大丈夫、大丈夫。うん。あ、そうなの？　今稽古中でさ。うん。うん。ちげえよ。芝居の。またかける。はーい
情緒は邪魔されるのかとおかしかった。そこでよかった。しかしアンセが話し出した。

荷台に小麦積むんですけど。トラックの。コンバインで刈り取ったやつを、バーッて。で、隣町の集積場まで夜中運ぶんですよ。で、トラックが順番待ちで並んでるから、小麦の上に仰向けに寝て本読む。田舎だから、めっちゃ星きれい。

オギタがいう。

星のことといってりゃいい感じになると思い込んでるその了見が気にくわねぇ。おめぇは星なんか

見てねんだよ。

　アンセが続ける。

今日紹介する本は、これ。モモ。ミヒャエル・エンデ。これはね、あの、小さい女の子が、俺の想像だとこれくらいの子なんだけど、大人もののコート引きずって、灰色の男たちに奪われた時間をその子が取り戻しに行くっていう、話。亀が出て来て、その亀の甲羅が光って、文字が出て、それで話したりするの。でもこうやってさ、ストーリーとか話してるとさ、なんか違うなって思うんだよね。いつ読むかとか、どうやって読むか、みたいなことって結構重要で、なんかそういう本との出会いが、出会いのきっかけになればなと思って、ま、僕にできることはこれくらいなので、これからこうやって本を紹介していきたいと思います。

　オギタが叫ぶ。

変態か！　テメェは！

　オギタが舌打ちをした。

あれ？　なんないや
　舌打ち。

いや、あのさ、洞窟の中で響くじゃん。あれがさ、いいじゃない
　たえ。

オリオン座がね
　オギタ。

星はもういいよ
たえ。
あの辺。山があって、山があってのあの辺。で、それが、一時間後だとオリオンがこの辺、二時間後だとこの辺、三時間後だと十一時くらいでこの辺。そうするともうあとは見えなくなるけど、ちょうど、こっちの方に叔父さんの家があって、石段下がって、畑がちょっとあって
たえは思い出してしまったことを言葉にして終わらせたいみたいだった。
畑の横に納屋があってね、おれはここ、納屋の中、納屋の外にパッと出ると、星空、もう寝ろやだ、もう寝るわだ、夜やだ、もう寝やな明日おきれんわだ、はいよーって、納屋で寝る。下からこう、蛾が、サッシの下のセメントに隙間があいてて、ブイーんて、入ってくる、何ヶ月後かに埋めてもらう。バチンバチン。カブトムシとかがガラスにあたる。バチンバチン
オギタの顔に虫をぶつけるしぐさ。オギタがいう。
よせよ!
アンセ。
リストカットのすげえ、ひじくらいまで手首からしてる人がいたんすけど、それがイルカホテルの従業員なんすよ。で、半袖着て運んでくるからそんなん見えるんすよ。違う女の子は、根性焼きみたいなあとがバァーっとこれがまたひじまであって、で、違う子は、逆の手にリストカットがバァーってあるんすよ、たぶんそういう人達を集めて働かせてるホテルで。食堂に行くと水槽があってクリオネ飼ってんすよ。で、その前で飯食って

全体の動きがアンセには見えてなかった。全体を見ずに自分の中にだけ目を向けていた。わたしはイライラして来ていた。こうなると制御はきかない。それへオギタが共鳴したのか、巻き戻したように別の話をはじめた。

初日の出だーって言ってさ、湘南の海岸通り走るって言って、フォーン、フォーン、フォーン。その頃ね、両手動くからね、ちゃんとね、足もね。フォーン、フォーンって言って、それで、後ろに乗っけてる後輩に、ほれ、見とけよ、太陽！　忘れるなよーって言って、はい、フォーンって、ずーっと行ってこっち太陽で、今年もよろしくー、太陽に向かってね、言いながらこう走ってね、フォーン。さーってね、潮の満ち潮の白いシュワシュワシュワシュワていうさー、船着き場あるんだよね、フォーン、フォーン、フォーンってあまり派手にやるとさ、連合とかいるからね、けんかになっちゃうね、こっち二人でしょ、無理じゃん、そういうことはしない。気分よく走ってる。走ったらそのうちね、後輩が寒い寒いって言い出して、あの背中に刺繍してあるね、服一枚でね、走ってるもんだからね、上着来てくりゃいいじゃん、なんでそんな恰好で来たの？って言うんだけどさ、やっぱり寒い寒いって言うから、ジャンパー貸してやるよって、刺繍入れてんのに、消えちゃうじゃん、ジャンパーなんか着たら、ばか。で、ボーって走って。風邪引くなよーって、会話してね。で、おれ帰ってね。先輩！　ありがとうございましたって言ったその日の

たえがすかさず口をはさんだ。

死んだとかいうなよ。つまんねえから

アンセも口をはさむがアンセのは違った。

北海道なんすけど、夏の、馬呼んだら来るんですよね。触ったりして

さすがに違うとわかったのか途中で止めた。ここでどうやら劇は終わったらしい。どこにも行けぬまま終わったのは悪くなかったが、どこかへ行けるという感触もなかった。まばらな拍手がパラパラと聞こえた。見ていたのは関係者。まだそれは稽古で観客の前に立つのはもう少し先だ。しかしおそらくこれが繰り返されるのだろう。実際繰り返された。作品以前のものとして。そもそも演劇の「作品」というものをわたしはどこかで疑っている。演劇は死んだ人間じゃない、生きた人間がするものだ、今生きている、今、を見ることだ。だとすれば、それは十分に、見えた。

三人に名前をつけた。ゴロン。スペイン語で居候、居候で検索していたら出て来た。

ゴロン
Gorrón

たかりやという意味もある。スペルは

公演は結局二回か三回やった。客も来てくれて、みんなで作った食事を出して。みんなで食べて。二千円かそこらで飯まで出して浮くはずもなく、メンバーにもわたしにも誰にもギャラなどもちろんなかった。ずっと続けようなんていってたけどそれでゴロンは終わった。ゴロンの名前は引き継がれてまったく別の、別のといっても同じか、行き場のない人の集る場の名にして、たえはそこに残って、歌ったり、やっぱり芝居をしたり、飯を作ったり、ブログを書いたり、今もしている。オギタは実家に戻った。オギタの母さんはオギタと、といっても母さんもオギタなのだが、同じ倒れ方をして半身不随になった。アンセはどこかの山奥で農業をやっている、というか手伝っている。

著者註
中に出て来る戯曲の部分は『楽園』の稽古および上演台本に加筆したものです。台本作成は演者である妙嶋誠至、安瀬雅俊、荻田忠利、の三氏、それに森田清子氏の協力によるものです。

FICTION　03
ラボ

　オギタが体調を崩して入院してしまった。本番まで日がなかったからどうしようかとなったがゴロンにはもう飽きていたからちょうどよかったとも思った。しかしゴロンをはじめた理由がわたしたちにはあった。傾きかけていた根拠地のカフェに何かしたい。何かときどきでも人が集まる、少しでいい。しばらく考えて、それなら直接人を集めて何かやろう、と思いついた。

　ぱらぱらと来た人が十人いたか。一人で来ていた人が多かったからどの人もさすがに緊張していた。

　することのあてはそれなりにはつけていた。何年か前に似たようなことを試みたことがあった。適当に人を集めて、いろんな人がいた。名前も聞かず、半年ほど稽古でだけ会い、食事を共にしたり酒を飲んだりそうしたことはせず、公演をした。あれなら二日もあれば参加者を立たせて見立ててつなげれば公演になる。

見立て。誰でもいい、人の見ている中に生きた人間を立たせればそれは必ず何かに見える。見えなきゃそれは見ている側の問題で、何に見えるかは見ている側が探す。だから立っている側は何もしなくていい。むしろしたら見えない。そこでする何かが「演技」だが今は必要ない。厳密にいえばそこへ至る準備が演技だがそれも必要ない。まずはあれをやろう。これも前に一度使ったことのあった「ラボ」をその集まりの名前として、雑な告知をツイートした。

わたしはまずは適当に二人を選んで前に出てもらった。選んだ二人に何の根拠もなかった。

椅子を置いて、

少し離して

座ってもらった。

もう少し近づけてみよう

本番は三日後。ゴロンの本番をやるつもりで告知していたのだ。しかしこうなってしまった。どうせならやってしまおう。だからその日と次の日でどうにかしてしまわなければならなかった。だけどラボの告知には書いていなかったから、来た人はそんなことは知らなかった。書いたか、忘れた。「明日は無理です」という人はもちろんいたし、「明後日は来られません」という人もいた。とにかく来て出てくれる人たちとゴロンのアンセとたえとわたしも出て、とかいっていたら飴屋法水さんが娘のくんちゃんを連れて遊びに来てくれたからくんちゃんを強引に誘って、飴屋さんが設営にアイデアをくれた。縦に使おうとしていた場所を「横にしてみたらどうか」と飴屋さんはいった。わたしたちは奥の小さなベランダへ通じるガラス戸に白い幕を張って、それを背に、そこを舞台と考えていた。部屋は舞台をL字の角にして折れ曲がっていたから右への線へ衝立を立てて。しかしそれを飴屋さんはオープンキッチンになっていたL字の縦を横に使ってキッチンを舞台の背にするのはどうかといった。そうしてみると確かに景色は詰まり、キッチンの細々した物の並びが目に楽しい。奥にしゃがめば隠れることも出来てスタンバイも可能だった。

芝居は激変した。わたしは飴屋さんが公演する場所を誰も考えつかないような使い方をするのを前にも見た。それはセンスと呼ばれたり才能と呼ばれたり、多くの場合はそう呼ぶのだろうけどあれこそがわたしには技術だった。技術はほとんど魔法なのだ。こうやるんだと教えられても身につかない。身につけるには自分で見つけるしかない。それこそ才能じゃないかという人はいるだろうがそれが技術だ。技術は「技術」という塊が人間にバトンされていくわけではない。それは技術のほんのごく一部、ダンスの振り付けのようなもので同じ振りを寸分違《たが》わず踊れてもダンスにならないものはならない。技術の核心はその都度はじめての人間の中で新たに、再び、生成される魔法だ。

来られないといっていた人の何人かも来てくれて、ざっと立ち上げた場面をつなげてひとまずの本番は済んだ。

これをしばらく続けてみようと思った。それから月に一度か二度、もう本番は考えない。ラボをすることで人は来る、というか本番がわたしは嫌いだ。

わたしは本番が嫌いだ。稽古して来たことを何も知らない人間の前でやる、緊張して、批判されて、おもしろかったといわれることのすべてが嫌いだ。本番があるからわかることがある、ということをそれでもわたしは信じて来たし、事実そういう側面はあった。劇団をやっていたときはそれが唯一の収入を得る方法だったし閉じこもって特定の人間とだけ何かをやっていても仕方がないと思おうとしていた。しかし閉じこもることでしか見つけられないことがあるのに気がついてもいた。「好奇の目」の前では見つけられない。かといって絶対に秘密にしたいわけでもない。だから態度としては、いつ見に来てもいいし、いつかは見せてもいいけど見せるのはまずはこちらが満足してからで、成果の発表というよりはわたしたちが実験に飽きたとき。飽きから展開するためにだけ本番は必要なのだ。

いつもだいたい前に出てもらうのは二人、もしくは三人。三人であれ四人であれ、十人ぐらいまでなら見立てでどうにか出来ただろうがそれは今はいい。それよりここでは役者自身が立ち上げる何かが何なのかを解明してみたい。

まずは【関係】からはじめてみた。人間は人間とどう関係するのか、関係とは何か。だから一人は排除した。

「誰か」

わたしは見回した。目が合うとだいたいの人は目を逸らせるか強く見返して来た。適当に二人選んで前へ出てもらい椅子に座ってもらう。すっと立ち上がり行く人と、相手の出方やまわりの様子を見る人がいた。

わたしはこんなときにビクビクしない

わたしはどちらかというと臆病だし苦手なんですこういう場が、来てはいるけど

　誰にでも自己イメージがあった。それは服装や座る位置にも出ていた。それらでまずわたしは見当をつけてはいたが、しかし自分のするイメージだから、からだはしょっちゅう裏切るので見当は雑でよかった。それに参加者たちはみんな若かったから本体と自己イメージがうまく混ざらず分離していた。歳をとると混ざり固まり剝がすのは困難だけど若いしからだは元気だし分離しているから引き剝がそうとすれば引き剝がせる。引き剝がせるというか、勝手に引き剝がれる。

　二人が椅子に座った。前に出た二人には景色が変わっていた。さっきまでは駐車場へ向いた窓が見えていたのに目の前のすぐそこで知らない人たちが自分たちを真顔で見ている。反応していたのはからだで理屈じゃなかった。

人に見られている
居心地が悪い

　しかしまさか見ている人も緊張していたとは見られていた人たちには考えられない。だから笑うし調整しようと動いた。

「動かないで」

　とわたしはいった。動いたらわからなくなる。わたし、の調整に身を任せてしまうと起こりかけた関係の芽が普段よく目にするあの見慣れた、他人同士、に簡単になってしまう。注意していないとそうなってしまっていることに気もつけない。芽は潰してしまうと修復は絶対に出来ない。芽があるうちだけがチャンスなのだ。

不安な二人をみんなでじっと見ていた。眉間に皺を寄せてというのではなく、むしろ眉をひらいて。顔の面を対象に向けて。みんながもし猫なら耳とヒゲが前を指していた。二人の人間が意図せず立ち上げた何かしらが薄ぼんやりとではなくはっきりと見えた。

二人は親密だ

間違いない。あの距離、椅子の距離はわたしが指示していたのだけど、物理的な距離は指示出来ても、人間の関係の距離はそのときそこにいた人間が、無意識に、わたし、を介在させずに決めていた。要するに適当に座っていた。そこにすべては出た。

わたしたちから向かって右の一人は自分の斜め右下、その人の右にもう一人がいる、に目玉を向けて何かを見ている、まばたきをほとんどしないからそうだ、何かを見ている。

蟻かな

見ていた側に例えばそうよぎった途端、二人は外にいた。二人にもちろんそんなつもりはなかった。どんなつもりもなかった。雨じゃなかった。二人は雨をよけたりしていない。どんより厚い雲が空を覆っていたのとも違う。空を気にする様子がない。気にしてもいない。雲が出ていたとしても薄曇りだろう。カンカン照りの日向でもない。まぶしそうにしていない。寒くはなさそうだ。座っているのだからそこはベンチで、公園か。縁石じゃない。あの高さはおそらくベンチだ。二人の高さはそろっている。

もう一人は左の手を腿のあたりに置いて、爪だろうか、を見ている。見たままでまばたきが早いかしないかでいたなら不穏に気配はなるけどまばたきの速度は平均的で爪をいじりそうな様子を充満させている。隣に誰かいてもそうやって自分の手の先に意識を集中出来ている。ということは慣れた相手に違いない。意識は作業に向かっている。親密なのだ。そう見たのはわたしだけじゃなかった。見ていた人間のほとんどがそう見ていた。

もし二人のどちらかが、ふと顔を上げて遠くを見たりするような、したとしてもその人は何かを見ていたわけじゃない、いやその人は見ていたのだけどその人は見ていない。説明が厄介だが見ていたら一撃でわかる。

仕草を仮に見せれば、

ああ、近くじゃないけど遠くでもないところで子どもでも遊んでいるのか。もしくは犬でもいるのか

とまでは細かく言葉にしたりはしないが、しないのだ言葉には。そんなようなあるイメージ、空想、が起こっただろう。音が耳に入ったから顔を上げた。それを見て音が聞こえた。

ラボで起きていたことの驚きの一つはここだった。それがそう見えることに特別なものなど何ひとつ必要なかった。目だけじゃない。耳、気配、それらを参加者は経験や性質や性格の違いを超えてそのつもりもなく感知していた。

座らされた二人は違った。ただ座らされて動くなといわれてじっと見られてニヤニヤ笑われて、

何をされているんだろう、

何をどうすればいいんだろう、

いつまでこうしていればいいんだろう、

何をしろといわれているんだろう、見ている人たちはどう思っているんだろう。

そうしたものが渦巻いていた。渦巻き、緊張していた。にもかかわらず二人のからだは雄弁だった。無口なからだなどなかった。

「何かしゃべって」

とわたしはいった。

途端に二人の緊張の度合いが変わった。負荷がかかったのがわかった。緊張はうつるから見ている側も緊張した。しかしこのときはまだほとんどの人は見ていただけで自分がそれを経験していたわけではなかったからひとごとだった。いわゆる「観客」だった。やる側と見る側、書く側と読む側としてもいい、その境目が邪魔をしているとわたしは考えていたわけではなかったがそのことに反応はしていた。書くように読めれば、やるように見ることができれば「作品」は動く。境には深い谷があるがそうだ。そのことをわたしたちはラボで体感するのだけどそうなるまでにはまだもう何度か行われなければならなかった。

緊張したままの二人は、何かしゃべってとわたしにいわれてはいたが、どちらがとは指示されたわけではなかったから戸惑っていた。

わたしか？　相手か？

まだ二人はお互いの名前も知らない。見合っていたわけではないから顔もよく知らない。何をどう着ていたのかも見ていない。

あいつはどっちにしゃべれといった?

何をしゃべるかよりもまずはそこ。誰が、しゃべるのか。決まりは何もなかった。どちらでもいい。しかし体勢が整わなければならない。相撲の立ち合いと似ていた。合図があるわけじゃない。しかしこの、立ち合いまでの時間が長引いてしまうとダレる。どのような状況に置かれても人間は慣れるから居着く。居着いてはいけない。居着いてしまったら動けなくなる。動けなくなり閉じる。閉じるのは簡単だった。いつもしていることだった。

「暑いですね

どちらかが小声で確かにそうつぶやいた。失敗だ。二人は親密なのだ。あきらかにそう見えているのだ。あらためていうことではない。せりふがよくない。いやしかしまだわからない。あえてそういっているという可能性はまだ残されている。次を待ってみる。

「そうですね

相手が応えた。何だろう。ものすごい速度で見えていたものから離れていっているのか、そうじゃないのか、の見極めがつかない。しかしそれはこうして文字にしているからだということもある。実物の人間が発するものの情報量は途轍もないから、わたしたちはたった二言のせりふですら、ありとあらゆる意味合いが内在することを目のあたりにしていた。口ではよそよそしい。しかし二つの人間が醸し出していた「関係」は親密以外の何ものでもない。敬語が邪魔をしているのか。敬語はいつも邪魔をした。意図的に、ではないだろう。敬語じゃなく、とすぐに止めるか続けるか。何かもっと別なこと、とわたしはいった。そして、

「敬語じゃなく」

といった。

「何か別のことというのは
とどちらかがわたしに聞いた。わたしは瞬時に、

「聞かない」

と止めた。質問はだめだ。質問は質問する側の範疇で起きている。その場で起きようとしていたことは質問をする側の範疇の外だ。理解不能な外にたいして内の範疇でこしらえた質問に向けて、仮にわたしが何かしら答えたとしても、ねじ曲げられて「誤読」されるだけで、やり取りにならない。何しろ相手は藁《わら》をもつかみたいのだから簡単に曲解される。

二人を維持させていたのは見ていた人たちだった。まだひとごとではあったけれど、距離が我がことに近づけていた。二人はすぐ目の前にいた。息遣いまでわかるような。顔色の変化も見ていてわかる。そんな位置で人が溺れかけていたら見ないわけにはいかない。そしてだからこそ見られている側は見ているもののいることを信じなければならない。遮断して無視すると見ている側は、
なら溺れてしまえば？

とそっぽを向いてしまう。

「おれさぁ
急に一人がいった。しかしその後が続かない。それでもまずは飛び込んだのだ。トライしたの

だ。
誰かがまずは球投げてくれないとはじまらないの。はじめてくれたんだね。よくやった。
とユーゾーさんならいったところ。しかし
だけどつまんねぇな
ともいったところ。しかしそれでも飛び込んでみなければ自分から何が出て来るのかわからないのだからまずは飛び込んだだけで
世界に貢献したの。
まとまった話で口火を切る人もいた。
「今日ここへ来るとき電車で、座らずに立ってたんだけど、窓の外にグライダーが見えて」
勇気はあったが「今日ここ」は外した方が良かった。
「電車で座らずに立ってたんだけど、窓の外にグライダーが見えて」
今日ここ、を外すだけでいつの話かわからなくなるし、今そこではなくなる。今ここ、は使いやすいけど【わたし】から離脱するのに別の何かが必要になる。たくさんの目が見ている中でぬけぬけと嘘がつければいいけど嘘はつき慣れてないとつけないもので、つける人はいい、だからなるだけ隙間を作って好きに飛べる状態を維持するためには、今ここ、は使わないほうがいい。
「おれさぁ
と口火を切ってはみたが先が続かない。先なんかないんだから当たり前だ。沈黙の数秒。まさに、「間《ま》」。息を殺して見ていた、というのは比喩じゃない。見ていた人の目が勇気を出して飛び

込んだ人をぐうっと持ち上げていた。持ち上げられていると感じていたはずだ。しかしそれは非難にも似ていたから厄介だった。非難と受け取ってしまったら急に今が嫌になって、出て行きたくなって、来なければよかったとなって、二度と来ない、となる。ここは長引かせてはいけない。浮き輪を投げるように、

「だから」

とわたしは言葉を放った。それでいいから続けてとの思いを込めて、

「おれさぁ

と口にした方へ。

「だから」

といってはみたが、だけどそれは外から飛んで来た浮き輪だったから、勢いがつくというより違和感だけが口に残って詰まっちゃって石のような顔をして固まってしまった。

雑なのも展開しないし神経質なのも展開しないから難しかった。そこで「それは神経質すぎる」といっても仕方がなかった。しかし当人はそのことを、少し神経質すぎたんじゃないか、とおぼえておく必要はある。おぼえておけば次試すことが出来る。しばらく待つが試そうとしない。もう一度投げるか、風を変えるか。

「助けてあげて」

わたしはもう片方に言葉を投げた。二人いて一人だけが鉄火場にいるという状況は全体を意気消沈させてしまう。「だから」と口にした方は投げられた浮き輪で溺れ始めていた。完全に溺れ

てしまうともう誰にもどうにも出来なくなってしまう。溺れた方はそれこそ閉じて死体みたいな顔になるし、閉じられたらそもそも知らないもの同士だからお互いが閉じて関係を切断してしまう。見捨てたという感触だけが言葉にならずに残る。残った記憶はないがわたしたちには膨大にそれがある。ここではそれは極力回避したい。しかし助けるのは難しい。

「だから」

に対して

「うん」

などとやってしまうとその瞬間に二人ともが溺れてしまう。助けるつもりで相槌を打ったのだけど相槌は相手を追い込むだけで、

何しろ相手はその先がない！

そして相槌側もないのを知っている！

それはほとんどイジメになる。つもりとかは関係ない。むしろ善意なのはわかっている。しかし善意なら何でもいいということではない。ここらが面倒くさい。面倒くさいがそこを打開しないと次へ進めない。

助けてあげなくてはならない側が小さくため息をついた。風が変わりそうだった。

「邪魔して」

とわたしはいった。相手の邪魔をして。ため息をついた人がチラとわたしを見た。

うん

とわたしは頷く。邪魔とは何か、どう邪魔をするのか、そんなことはわたしも知らない。
ラボの後は、これは恒例だったというか、それこそがカフェで行われていた大きな意味のある時間だったと思い返して改めて思い知るのだけどみんなで飯を食った。その用意はカフェがしてくれた。ただたくさん作って並べられていたのではなかった。工夫を凝らして、並べ方を考えて。だから必ず並べられると参加者のみんなは、

「わぁ

と感嘆した。まさかそんなにきれいに用意されるとはわたしも思わなかったからびっくりした。どうせ来る側も来られる側も金なんかないんだから、なるだけ安い参加費でというのは最初からのわたしたちの考え方だったから、食材をふんだんにというのではもちろんなかった。だからこそ知恵を絞った創作がそこでも行われていた。参加者のほとんどはたぶんまだみんな一人もので、帰ったら一人だろう、一人でいいんだという人ももちろんいただろう、しかしみんな残って少し飲んでたくさん食べた。名前もよく知らない、この後たぶんもう会うこともない、だけどラボの時間はみんな湯上りのような顔をするほど集中して恥ずかしい思いをした、さらけ出した、お互いそれをした仲間だった。

「その耳の形

ずっと黙っていた方、助けろといわれた方、がいった。

「何度見てもイライラする

「その耳の形、何度見てもイライラする

いわれた方が耳に手をやった。見ていた数人が笑った。

一応書くが、これらが正確に逐一起きていたわけではない。ラボをわたしはここで思い返しながら再現している。ラボの初期に来ていた人で、もしこれを読んでいる人がいたら「そんな場面あったっけ」

というかもしれないがこんな場面はなかった。しかしあった。

「隠しても無駄だよ
隠しても無駄じゃね、だったか。

湯水のように出て来そうな気配がこうして文字にしていてもある。湯にさえなれば奔《はし》り出る。

「変な耳！

強い声が出た。

「ばかじゃないの！

「何でわたしの下腹が膨れてると思ってんの
「胃下垂？

「ばかじゃないの！

「妊娠？」

わたしがいった。一瞬場面が止まった。止めたらだめだ。わたしもわかっていないのだから、
というか誰もわかってなどいないのだから。

「妊娠？」

わたしがもう一度いった。そういえ、といっていた。大丈夫やらされているのはあなたたちだけではなくここにいる全員が参加している、といえば伝わっただろうがそこでするには言葉が長すぎたから、とにかく鉄は熱いうちに打たなきゃならないのだ。わたしは説明を全部はぶいて次のせりふだけを口にしていた。伝わったのか。伝わってなくてもいい。いえ、早く。

「妊娠？

強い声を出していた方がそうつぶやいた。何人かが笑った。「妊娠？」は強い言葉を投げられている方が口にするものと思い込んでいたからだ。わたしもそのつもりで投げた。しかし強い言葉を投げかけた方がその球を掴んだ。そしてよく見ていると強い言葉を投げかけていた方、いわゆる性別でいえば女の方の下腹が確かに何やらせり出しているように見える。下腹が膨らんでいる。

人権意識が見立ての邪魔をすることをわたしは長く演劇をやってわかっていた。役者をして来た事でわかっていた。観客はあからさまに舞台の人間を見ている。見ているのに見ていないことにしている。そんなふうに見ちゃいけないと考えもせず観客は舞台の上の人間を見ている。文化が邪魔をした。

あの女、下腹が膨らんでいる

やる側の多くはそのことに気がついていない。自分が見るときはそう見ているのにそう見られていることに気がつかない。いや、気がついていないことにしている。それが後であからさまに文字にされてしまうのがＳＮＳの時代だから過酷な時代だが、抜け出せるチャンスでもある。あからさまなあけすけが当たり前になれば何であろうと何てことはなくなる。もちろんそうなるまでに膨大な数の人間が「傷つく」。げんに傷ついているから、自死するものまでいるから、雑にはいえないけれど、過酷な時代の親身はこれまでとは形を変える必要がある。思いやり、としていることの外へ飛び出していかなければならない。

何をラボでしているんですかと何人かに聞かれてわたしはその都度話そうとして、うまくいえず、すると必ず、

「即興ですか」

といわれた。即興、確かにそうだったから、そうですねとこたえていたが、わたしは「即興」というものが何なのかわからなかった。「いわゆる即興」というものなら知っていた。いくつかの、あれはテーマというのかお題だけがあって、あとは好き勝手適当にやるというやつ。おしゃべりな人がよくしゃべるやつ。しかしあれが即興ならわたしたちのしていたことは違った。まったく違った。

誰かがわたしのツイートに「いいね」をしてくれていて、それがちょうどラボをやっていた頃のずいぶん前のツイートで、そんな前のものを掘り起こして「いいね」してくれていた。もちろんわたしは忘れていたけどわたしはこんなことを書いていた。というか引用していた。

デレク・ベイリー『インプロヴィゼーション』から

フリー・インプロヴィゼーションは高度な修練を要する音楽的技巧であると同時に、ほとんどだれがやってもかまわないものである。初心者でも、子供でも、非音楽家でも、必要とされる技術と知性はその人にそなわったものでかまわない。

きわめて複雑で洗練された活動となることもあれば、ごく単純で直接的な行為となることもある。生涯をかけた研究や仕事になることもあれば、気軽で趣味的な活動となることもあろう。

この本を探したけど、絶対に部屋のどこかにあるのだけど、ないから確認できないけどこれを捏造したとも思えないから間違いなく引用だ。

少し間を置いて、耳を触っていた方がぎこちなく頷いた。何に頷いたのか。わたしたちは笑った。

「小道、っていうか、いつも通っていた道があって

頷いた方、男、が話し出した。

「小道なんて口にしていったことがないから、今いいながら、あそこを小道って呼ぶのか、て思ったんですけど

「敬語じゃなく」

「思ったんだけど
何の話？　と女は聞かない。とてもいい。
「蛇がいたり、虫はよくいた。何虫かな。ゾウムシ
女が話し出す。
「ケイスケ君がさ。会ってほしいっていうから会ったんだけど会わなきゃよかった。すごい込み入った場所で。ラインで地図送られて来てたんだけどスマホの地図見て辿り着けたことないからさ
「小道？
FICTIONにいたタケウチがピザを出すカフェをはじめて六年以上経つのが、ようやく芝居を立ち上げた。タケウチは芝居がやりたくてカフェをはじめた。ラボの場所であったカフェも見に来たりもした。その芝居をわたしは観た。近所の人たち、いわゆる素人とそれを立ち上げ、ラボに似た手法で台本を作っていた。
裏口からタケウチが入って来る。白い大きな布をからだに巻き付けて、片方の腕を肩から出して。裸足で。顔も塗られているのか白い。というかそれは二回行われたその芝居の一回目を観たわたしが
「白に塗れよ。出オチでいい」
と提案した。出オチというのは何用語なのか、とにかく何をするまでもなくその前に、出て来た途端、観客に投げるもののことをいう。

そのまましばらく観客を見回して、ニヤついたりかしこまったりため息をついたりしながらあいている椅子に腰をおろす、がすぐに裏口に向かい戸をあけて外へ半身を出し、また椅子へ戻る。

するともう一人来る。同じような扮装で顔が白い。

「どうだった」

とタケウチが聞く。

「え」

ともう一人がいう。

「いや、どうだった」

とタケウチが繰り返す。

「え」

ともう一人は聞き取れないのかまたいう。

外しにかかろうとしていたのがわかった。

「何回目だった」

タケウチがいう。

「あ。一回目だって」

ともう一人がいう。

「そうなんだ」

とタケウチがいう。

「誰に聞いたの」

「かみさま」

ともう一人がいう。白い服の子どもが来る。白い服の大人の女と年配の男が来る。女は竪琴で音を鳴らしている。

二回行われた公演の二回ともわたしは観た。一回目は客は笑わなかった。二回目は楽しそうに笑っていた。笑うことがいいというわけではないけれど、一回目は観客に不親切だった。不親切に客は思えた。不親切が問題だといいたいわけではない。そうだったといっているだけだ。

不親切。それがうまく行くときもあればうまく行かないときもあるから演劇は難しい。場所によるしその日の天候にもよる。二回目は少し親切になっていた。だから客は安心していた。そこでの公演、そのときのそれはその方がわたしはよいように思えた。


「そこらで」

とわたしは二人に声をかけて場面を止めた。ふう、と見ていた人からため息が聞こえた。二人は何を起こしていたのか自分たちにはわからないから、だけど何かが沸き立ち、顔も上気してうっすら桃色で、もっとやりたいが一刻も早くこの場から立ち去りたいと思っていた。

「おもしろかった」

とわたしはいった。ずいぶん偉そうな物いいだが、そのときわたしはそういった。わたしは楽しかった、と伝えたいだけだった。すぐに伝えるべきなのだ。わたしたちは常に疑心暗鬼でいる。

わたしの目のはしで何人か頷く人がいた。

しかし何がおもしろいんだろう

すべては際限がないから、一つ流れるとその先へ行きたくなる。行きたくなるというか、向かおうとする。よほど飽きない限り、意識的に止めなければ動き続けようとする。

わたしはタケウチの芝居を観てからあの先へ向かうにはどうしたらいいのかばかり考えている。こうしてラボを振り返りながら考えている。あの先、あの向こう。ラボでのやり方だけではたぶん動かない。しかし何をじゃあ試せばいいのかがわからない。あるものを使うしかないこととか、やれることとしか出来ないことは当たり前として、まだ使っていない、触ってもいない余白はあるに違いない。それは可能性というのとは違う。そんなものはあるとかないとかどうでもいい。もっと物理的に、現実的にというか事実として、余白はある。

引用文献
『インプロヴィゼーション』 デレク・ベイリー著 竹田賢一・木幡和枝・斉藤栄一訳 工作舎

FICTION　04
変転する北極星

セザンヌはひとつの視点からテーブルに置かれたりんごやら花瓶やらを絵にしたのではなく、ここのりんごは少し下から、その横の花瓶は少し上からと一枚の絵にあらゆる角度の視点を持ち込んだ、というようなことが書かれてあるのを読んだ。風景画も描かれたおそらくここが現場だろうという場所へ行っても見えた景色は絵のようにはならない、まるで空中をあちこち移動しながら描いたようだ、ともあった。多視点、と書かれていた。描かれた絵を見て分析解釈し、言葉にするというのは不思議な行為だけど、絵を見て書かれたから描かれた絵を見る前にそれらを読んでわたしはセザンヌを知った。

ゴッホは映画だった。子どものときにテレビで見た『炎の人ゴッホ』。ゴッホを演じた俳優がその前に『スパルタカス』という映画に出ていたのも見ていた。俳優はカーク・ダグラス。顎にエクボがあった。これを書いている最中に死んだというニュースを見た。百三歳。若い頃は次々に女性に声をかけ自身の楽屋としていたトレーラーハウスに呼び込みどうのと書かれていたのを読んだ。

「人々は自分が見なかったことをあちこちに広めたりはすべきじゃないのです。そしてわれわれも、人々が言ったことをそのまま信じるのではなく、ほんのわずかでも見ようとすべきなのです」

映画監督のジャン＝リュック・ゴダールは『映画史』という本の中でそう話していて、それは、「これまでにつくられているべき」

だか、しかし
「これからも決してつくられそうにない」

映画史について話している中で出て来ていた。


ここでジャガーがわたしの犬に襲いかかり、犬を殺した。

そこでジャガーはわたしの犬に襲いかかり、犬を殺した。この出来事はわたしに関して起こった。

そこでジャガーは犬を殺した、犬に襲いかかって。

それに関して、ジャガーは犬に襲いかかった。わたしはそれを見たと思った。

そこでわたしは、つまりパンサーは、わたしの犬に襲いかかった。

そしてパンサーはわたしの犬に襲いかかった。

そこでわたしは話した。これはパンサー［の仕業］だと。

そこでわたしはパンサーについて話した。これがそれが行ったところだ。わたしは［それがどこへ行ったかを］見ると思う。

ああ、わたしは言った。ジャガーはそこで丸太に跳び上がった。

犬についていては、パンサーが襲い掛かった。

パンサーは犬を殴って殺した。

そこでわたしが銃でジャガーを撃ったとき、それは倒れはじめた。

カアパーシにわたしは言った。籠を［わたしに］投げろ。

籠をわたしに投げろ。［それは］犬を入れるため。

猫も同じ。それは犬に襲いかかった。

パンサーは犬に襲いかかった。そうしてそれは犬を亡き者にした。


『ピダハン「言語本能」を超える文化と世界観』という本の中でブラジルの先住民ピダハンのカアブーギーという人から著者のダニエル・L・エヴェレットが聞き書きしている。カアブーギーの犬がジャガーに襲われて死んでカアブーギーはジャガーを銃で撃ち殺す。この話の中で、ジャガー、パンサー、猫、とあるが間違えているわけではない。訳注に「混用」とあるがわたしにはセザンヌに使用された「多視点」と同じに見える。

あのサント・ヴィクトワール山を見てごらんなさい。なんという勢い、なんという太陽の激しい渇望、そして晩になってあの重量が全部下りてきたときのなんというメランコリア……あの石の塊は火だったのだ。まだ中に火を秘めている。昼間、陰は震えながら後ずさりしているみたいだ、あの塊を怖れているみたいだ。上のほうに、プラトンの洞窟がある。大きな雲が通るとき、下へ落ちる陰は岩の上で、まるで焼かれたように、火の口に即座に吸い込まれたようにして震える、それに注意してごらんなさい。私は長い間、サント・ヴィクトワールが描けずに、どうして描けばよいかわからずにおりました。ものを見ることを知らない他の人たちと同じに、陰影が凹だと想像していたからです。ところが、ほら、見なさい、陰影は凸です、その中心から逃げています。縮むかわりに、陰影は蒸発して、流体化する。真っ青になってあたりの空気の呼吸に加わります。たとえばあそこ、右のほうの、ピロン・デュ・ロワの上空では、逆に光は湿気を含んで、きらめきながら揺れています。海です……、これを表現しなければならないんだ。これを知っていなければならないんだ。敢えて言うならば、この知識の溶剤にこそ、自分の感光板を漬けなければならないのだ。風景をうまく描くには、私はまず地質学的な土台を見つけ出さなければいけない。

セザンヌがこう語ったと『セザンヌ』の中に書いているのは詩人のガスケだ。
外で描くゴッホに中で描けと言ったのはゴーギャンで、「わかった」とゴッホが言ったかどうかは知らないが試してはみたりした、らしい。映画にそんな場面があったかどうかの記憶はない。

何かで読んだのだろう。

翁の視覚は脳裡に明かで、寧ろ瞳眸には存しなかった。

エミル・ベルナールは『回想のセザンヌ』にそう書いている。

だからもしも翁にして創造的な想像力をもっと持っていられたなら、風景にのぞまず、目前に静物を置かずに描き得たであろう。

一緒に暮らして絵を描こうと熱烈にゴーギャンを誘ったのはゴッホで、弟への手紙にもそう書いてある。ゴーギャンはセザンヌに憧れていたらしい。だけどセザンヌはゴーギャンの絵を「ぬりえだ」といったらしい。南の島でゴーギャンがある絵につけたタイトルが、

我々はどこから来たのか　我々は何者か　我々はどこへ行くのか

その絵を描いた六年後ゴーギャンは死んだ。ゴッホはそのずっと前に死んだ。ピストル自殺といわれているが悪童に撃たれたという説もある。ふざけて発砲したものが当たったのだと。わたしはそう説明されるのをテレビで見た。

夏にはじめて富士山に行って来た。五合目のまだずっと下、御殿場のあたり。山中湖。あの大

きなものにつまみ上げられたような、先端のあたり、いわゆる「山」は曇っていて見えなかった。裾野は見た。その巨大ないびつな三角は黒くて水色じゃなかった。

あの水色の富士山は誰が最初にやったのだろう。水色に見える時間と角度があるのだろうか。あるのだろう。今どき水色なんて言い方をするのだろうか。水に色はない。泥の混じった水には色がつくが水は透明だ。海は青い。光の具合だと理屈は知ったつもりでいる。肌色とは確か今はいわない。いうのか。昔は普通にいっていた。だけど子どもだったわたしもみんなも気はついてはいた。肌の色は人によって違う。人種とか言いださなくてもそうだ。時期によっても違うし日々時間ごとに違う。

ちょうど今横に葛飾北斎の画集がある。最初に載っているのが冨嶽三十六景『凱風快晴《がいふうかいせい》』。青い空に細長い白い雲がいくつもあってそれを背景に茶色い富士山が画面の右寄りに描かれている。水色じゃない。

めくると『山下白雨《さんかはくう》』。ブロッコリーみたいな雲のある空をバックにやはり右寄りに茶色い、というか半分以上が黒の、富士山。やはり水色じゃない。

有名な『神奈川沖浪裏《かながわおきなみうら》』の大きな波の向こうに見えている小さな富士は、海の色と同じ藍色だ。あいいろ、か。

『常州牛堀《じょうしゅううしぼり》』とか『尾州不二見原《びしゅうふじみがはら》』になると、働く人たちの様子の描かれたものの向こうに背景として描かれた富士は、ようやく水色だ。

「そんなに富士山が好きなら練馬区あたりに新しい富士山を作ったらいい。新しいものは古いやつより高くして」

荒川修作は何かのインタビューでそういっていた。こうも語っていた。外国から客が来た。客は富士を見たい、そこへ行きたいといった。客は富士へ行ってたくさん写真を撮った。足元の土、生えていた木、その両方、石、流れる水。ある会に客が参加し参加者にそのたくさんの写真を見せた。

「これがどこだかわかりますか
誰もわからなかった。

「あなたたちが好きでいつもよく見ているものですよ
二人、もしくは三人に前に出てもらう、椅子が置いてある、座ってもらう、立ってやる時もあるが、なかなか立てない。わたしがカフェで月に一度か二度行っていたラボと名付けた集まりでの話だ。

誰もなかなか立てなかった。なら座れたのかというとほとんどは座れてもいなかった。しかし座れたことはあった。立つよりも頻繁にそれは起きた。椅子にからだを預けていればよかったから起きやすかったのかもしれない、というかそうだ。しかしそれらはいったい何に向けての話なのか。立てないだとか座れていただとか。

演じ手、という書き方しか思いつかないからそう書くが、演じ手が、座る。もしくは立とうとする。いずれにしても最初にアタックするのはいつも演じ手だ。現在生きている人間である演じ手が何かしら、何でもいい、見ている側である同じく現在生きている人間に提示するから演劇ははじまる。そこに台本というものがあって先に字として書かれていたとしても最初にアタックするのは演じ手で作家じゃない。やればわかる。わたしはいわゆる演劇の賞というものが書かれたものでだけ判断されているのがまったく納得がいかない。戯曲、というやつ。生きた人間から離しても成立するやつ。残る、とされているもの。今わたしがしていること。しかし言葉の外で最初に動きだすのは演じ手だ。それを生きたわたしたちは見る。見えたものを見る。それを見たからわたしたちの中が動く。生きているものの間だけでそれは起こる。

わたしはこの連作の一つ前で演じる二人の人間の関係というようなことを書いたのだけど、ここでもう一つの関係に気がつく。それは演じるものとわたしたち、見ていたもの、との関係。

座らされてあれこれ指示されて、

「何かしゃべって」

といわれたって誰だって戸惑った。何をしゃべれといわれているのか。何をさせられようとしているのか。しているのか。

「何かしゃべりたそう」

わたしにはそう見えた。わたしだけじゃない、見ていたものにはそう見えた。しかしそういわれたところで当人にはその言葉の指しているものがわからない。

「しゃべりたくなんかないよ！」

その人の中でしゃべりたそうに見せているそれ、当人にだけ気がつかないそれをわたしはこっそり【超】と呼んでみた。

「何だそれ

まともな反応だ。

「だいたいわたしがわたしを信用せずに何を信用するというのだ

しかし何度もわたしたちはわたしに裏切られ続けて来た。

「なら何を信用するんですか

見ている人間の目。

しかしこれは厳密にする必要があった。外から見ている人間の目を「世間の目」などとされてしまったら全部は崩れて元に戻せなくなってしまう。そうじゃなかった。ラボで参加者が晒されたのは正真正銘の外からの目だった。今まで会ったこともない、名前も知らない、赤の他人の目。見ていいんだと制限が解除されたあからさまな、しかしここが重要なのだけど、批判的ではない、目。目玉、それにつながる脳、わたしたちがイメージする脳、のことじゃない。すべてのセンサー。

「それが要するに脳ですよ」

わかった。だからその外だ。それが何よりあてになるとわたしは考えていた。

何のあてに？

「死んだものとして考えてみるのはどうだろう」

と提案してみたことがあった。死んだこともないのに。

あなたはもう実は死んでいて、死んでいるから今していること、することのどれもがしみじみと懐かしい。ごそごそするのも、ちらっと横目で見るのも、うん、とうなずくのもうなずかないのも、からだを少し斜めにしていることも、ため息をつくことも、つまらないなとぼんやりすることも、というかあなたがあなたという身体をともなってそこにいるその事の全部が。

思い返して書いてみたがまったく実践的じゃない。あれこれ考えてみたのはわかるが使えない。

「もっと気持ちを込めて」

というようなことを言ってダメ出しする演出家がいるがあれに似ている。わかる気はするがわからない。昔、俳優の大滝秀治が

思えば出る

といったというのを聞いたことがあるがそれは膨大にあった言葉を外して捨てた果ての言葉だ。ほとんど誤解して捕《と》まえられてしまう。足らずの言葉の理解は捕まえるものの裁量がいる。しかしほんとうの言葉だろう。

一度だけ幽霊があらわれた瞬間があった。

あなた、水を、飲みなさい

とその人はいった。

水を

あのときはすごかった。はっきりおぼえている。見ているみんなもびっくりしていた。何を見ているのかわからなかった。あれはまさに【超】その人だった。そうじゃないときのその人とは

別人だった。というか別のものだった。よく知る「人間」ですらなかった。言葉遣いや、雰囲気、スルスルと他人に対して言葉が出てくるわけじゃないその人の感じとか、いつもと同じといえばいえるのにまったく違っていた。何が違っていたのだろう。

「あの人はどうしてあんなに打てるんだろう」

「才能ですね」

才能に感心したいんじゃない。何が起きているのかを知りたいのだ。それにこたえてくれた、たとえば伝記や伝記映画は一つもない。どれも必ず大事なところは「才能」にしてしまう。

【超】の威力は強力なウイルスのようで、一瞬で全体に伝染した。しかし伝染しても感染して誰もが【超】となるわけではなかった。感心して黙ってしまった。「わたしはそんなことはありませんよ」といった人がいたわけではなかった。トライした人はいた。しかしその日は後は誰がやってもうまくいかなかった。しかし高揚していた。

特別支援学級の子たちと先生がする劇を作る手伝いをわたしはした。そこでわたしは参加するもののすべてが【超】となり躍動するのを、劇が動き回るのを見た。そんなものはもちろんはじめて見たし、最初から起きていたわけではなかった。子どもらは突然反応した。爆発的に、繊細に。わたしはあのとき何を口にしただろう。

「遊ぼう」

そのようなことしかいってない。

「授業じゃないの？」

「遊んでいいの？」

先生の顔色を見る子もいた。

「いいよ」

恐る恐る、子どもらは大人の顔色を見て遊びはじめた。大人の顔色は子どもには大変なものだった。顔色とは何だろう。まさしくおそらく顔の色だ。そのさまざまな変化。空の様子や海の様子と同じ。大人も、先生も戸惑いつつだったから、しばらくはいつもするやり方で注意したりした。それを
「やめてください」

といってもわたしと先生にまだ信頼関係は出来てなかったから、先生といってもわたしよりずっと年下だ、若くしてわたしにも子どもがいたらそれくらいの歳の子どもがいてもおかしくない。だから放っておいた。子どもらは遊びはじめた。先生は先生で戸惑いは残しつつ居場所を見つけはじめた。遊ぶふりかどうかをわたしは見極める必要があった。

音が変わった。それはバランスボールの取り合いからはじまった。最初のはじまりは小さく。だけど取り合いに一瞬にして集中したことで全体の音が一気に変わった。

もう誰も誰の顔色も見てなかった。さっき先生にされた注意も軽やかに無効化されていた。

あとは簡単だった。

そこでこうしよう
そこでこういってみよう

もちろんすぐに忘れる、忘れるからもう一度やる、飽きてしまうまでがわたしも子どもたちも勝負だった。お互いが飽きてしまう前に。しかし幸運なことに飽きるまでの目盛りがわたしと子どもにほとんど違いがなかった。

ラボでは少し違った。大人は、参加者は若かったがもう大人だった。

飽きた

といって止める人はいなかった。飽きてなかったわけじゃない。飽きていても「止めてはいけない」と思っていた。悪いことじゃないし、社会はそうした制御で出来ている。しかし子どもたちは違った。飽きたら止めるも何も、飽きたらやれなかった。わたしの話なんかもう聞けないし、退屈して、違うことをしはじめてしまう。だいたいいつも給食の前の時間を使っていたからお腹も空いていた。わたしは嬉しくなった。飽きていい。飽きていいし、だいたい飽きたらやれない。退屈したら止めていい。止めていいというか止めるしかない。飽きる前に止める。楽しいうちにやめる。飽きてからやめると次やるのが嫌になる。

子どもたちを見ていてわたしは、自分が死んでいるものに思えたときが何度もあった。

死んでいるわたしが生きて躍動しているものを見ている。

そうか

逆か

そこにいるものらが死者なのではなく、死んでいるのは見ている側で、見ている側こそが死んでいて、やる人、見られる人、だけが生きている。

ところが、ほら、見なさい、陰影は凸です、その中心から逃げています。縮むかわりに、陰影は蒸発して、流体化する。真っ青になってあたりの空気の呼吸に加わります。たとえばあそこ、右のほうの、ピロン・デュ・ロワの上空では、逆に光は湿気を含んで、きらめきながら揺れています。海です……、

歌手の三波春夫は

お客様は神様です

という言葉を使った。その言葉は有名になりどこででも使われるようになり、意味が変えられ、客が「わたしは神だ」と威張るようになった。わたしは何かでそれを聞いたのだけど三波春夫は客を神だといったわけじゃなかった。神を客にわたしは歌っているのだといったのだ。まったく違うことをいっていた。客が神なのだとしたら生きた人間は歌う三波春夫だけで、おこぼれを頂戴しようと神にまぎれてまばらに客がもしいたとしてもそれは死者だ。

死者を見るのではなく、死者が見ている。

そうなってはじめてほんの少しだけわたしは気がつく。

山は常に最初から、火の塊が山となった時から、火の塊であった時から常にいつも、【超】山だったのだしどう見られていようと、水色で塗られようと。りんごもそう。木もそう。

人は、人間はどうなんだろう。

「もしかしたら問題は
わたしはいった。いってはいない。
「わたしたちが
人間をよく見ていない
ということなのじゃないか」
だけどだとしてどうしてわたしたちは人間をよく見ないのだろう。嫌いなのだろうか。好きな人のことは好きだ。家族、という言葉は好きじゃないけど家族は好きだ。死んだら泣くし生きていたときのことを思い出して何度も泣く。もう一度会いたいという。だけどもし仮に再びあらわれたとしても、時間が経てば見なくなる。
わたしは母を比較的早くになくしたのでその声が思い出せない。姿も、微妙だ。写真を見れば、ああ、とはなるがしかしそれは写真を思い出しているだけのような気もする。母のしていたこと、口にしていたこと、様子、それらのほとんどを思い出せない。
もし人が人を見るようになればもしかしたらどの人も【超】その人となるのか。じっと見る。見られていることを信じる。そうするためにわたしたちはラボであれこれ雑談しながら試みていたのか。わたしたちが見ることを思い出すように、人間を見ているということを思い出すように。わたしたちが普段、見ていないことを、だから見られてなどいないのだということを再現するのではなくて、見られている、見ている、を新たに見つけ出すために。
しかしどうして見ないのだろう。

新潮社

新刊案内

2023 11 月刊

絡新婦《じょろうぐも》の糸
警視庁サイバー犯罪対策課

凶器は140字、共犯者《フォロワー》は十数万人。妬みと憎悪で私刑を煽る、ネット界最恐の情報通を追い詰めろ！　SNS時代の社会派ミステリ！

中山七里
11月29日発売
●1870円
337013-0

ともぐい

己は人間のなりをした何ものか——山で孤独に獲物を狩り続ける男、熊爪。人と獣の理屈なき命の応酬の果てに待ち構える運命とは。

河﨑秋子
11月20日発売
●1925円
355341-0

FICTION

山下澄人
11月29日発売
●1870円
350362-0

2023年11月新刊

能!?

30万部突破!!

物語

[イラスト]ふすい

思い出せない思い出たちが僕らを家族にしてくれる

朝まで歌い続けた祖父の声、夢でしか会えない祖母の感触、旅の夜に聞いた息子の本音——読者の記憶に触れる、やさしさ満点エッセイ。

スズキナオ

●11月16日発売
●1760円

355361-8

行儀は悪いが天気は良い

私はなんで芸人になったんやろ——。お笑いコンビAマッソの加納が綴る、何にでもなれる気がした「あの頃」。待望の最新エッセイ集！

加納愛子

●11月16日発売
●1540円

355371-7

◎著者名下の数字は、書名コードとチェック・デジットです。ISBNの出版

◎ホームページ https://www.shinchosha.co.jp

＊直接小社にご注文の場合は新潮社読者係へ
電話／0120・468・465
（フリーダイヤル・午前10時～午後5時・平日のみ）
ファックス／0120・493・746
＊本体価格の合計が1000円以上から承ります。
＊発送費は、1回のご注文につき210円（税込）です。
＊本体価格の合計が5000円以上の場合、発送費は無料です。

新潮社
住所／〒162-8711 東京都新宿区矢来町71
電話／03・3266・5111

新潮文庫 11月の新刊

※表示価格は消費税(10%)を含む定価です。出版社コードは978-4-10です。

拭えぬ悪夢を抱えた一人の女性の生涯を紡ぐ、魂の叙事詩。

神よ憐れみたまえ 小池真理子

戦後事件史に残る「魔の土曜日」と同日、少女の両親は惨殺された――。一人の女性の数奇な生涯を描ききった、著者畢生の大河小説。

●1210円 144029-3

今度もあなたは騙される!

掲載禁止 撮影現場 長江俊和

心臓の弱い人は読まないでください。書下ろし「カガヤワタルの恋人」をはじめ、怖いけど止められない全8編。〈禁止シリーズ〉最新作!

●781円 120744-5

沢木耕太郎初の国内旅エッセイ!

旅のつばくろ 沢木耕太郎

今が、時だ――。世界を旅してきた沢木耕太郎が、16歳でのはじめての旅をなぞり、歩き、味わって綴った追憶の国内旅エッセイ。

●605円 123535-6

小島 小山田浩子

絶対に無理はしないでください――。豪雨の被災地にボランティアで赴いた私が目にしたものは。世界各国で翻訳される作家の全14篇。

●825円 120544-1

生誕150年

外科室・天守物語 泉鏡花 東雅夫選

伯爵夫人の手術時に起きた事件を描く「外科室」。姫路城の妖姫と若き武士――「天守物語」。名アンソロジストが選んだ傑作八篇。

●649円 105605-0

モテの壁 カレー沢薫

モテるお前とモテない俺、何が違う? 小学生向け雑誌からインド映画、ジブリにAV男優まで!? 型破りで爆笑必至のモテ人類考察論。

●693円 104671-6

いつかたこぶねになる日 小津夜景

杜甫、白居易、徐志摩、夏目漱石……南仏在住の著者が、古今東西の漢詩を手繰りよせ、やさしい言葉で日常を紡ぐ極上エッセイ31編。

●693円 104721-8

悪なき殺人 コラン・ニエル 田中裕子訳

吹雪の夜、フランス山間の町で失踪した女性をめぐる悲恋の連鎖は、ラスト1行で思わぬ結末を迎える――。圧巻の心理サスペンス。

●935円 240351-8

—気分の波で悩んでいるのは、あなただけではありません—

そうか、躁鬱病は病気じゃなくて、体質だったんだ——。気分の浮き沈みに悩んだ著者が発見した、愉快にラクに生きる技術を徹底講義。

●693円

ギリシア人の物語4

—新しき力—

塩野七生

118115-8

ペルシアを制覇し、インドをその目で見て、32歳で夢のように消えた——。著者が執念を燃やして描き尽くしたアレクサンダー大王伝。

●1100円

新潮文庫nex

タンポポのピッツァ、山ウドの天ぷら、よもぎのアイス……八ヶ岳の麓に暮らす姉妹の草花ごはんを召し上がれ。癒しのグルメ小説。

●649円

180

新潮文庫nex

幽世《かくりよ》の薬剤師5

紺野天龍

180273-2

「不老不死」一家の「死」。薬師・空洞淵は「人魚」伝承を調べるが……。現役薬剤師が描く異世界×医療×ファンタジー、第5弾。

●737円

新潮新書

11月の新刊 11/17発売

どう考えてもおかしいやろ。

大常識

百田尚樹

611019-1

政治家、自称リベラル、人権派……非常識に満ちたこの世界に、今こそ必要なのは「大いなる常識」だ。ベストセラー作家が振るう怒りの鉄拳！

●880円

貧乏ピッツァ

ヤマザキマリ

611018-4

極貧時代を救ったピッツァ、亡き母の思い出の味……食の記憶と共に溢れる人生のシーンを描く。

●902円

世帯年収1000万円

「勝ち組」家庭の残酷な真実

加藤梨里

611020-7

もはや中流でもないのか——。「勝ち組」家庭の予想以上にシビアなお金事情を徹底分析。

●880円

己は人間のなりをした何ものか——
人と獣の理屈なき命の応酬の果てには

ともぐい

河﨑秋子

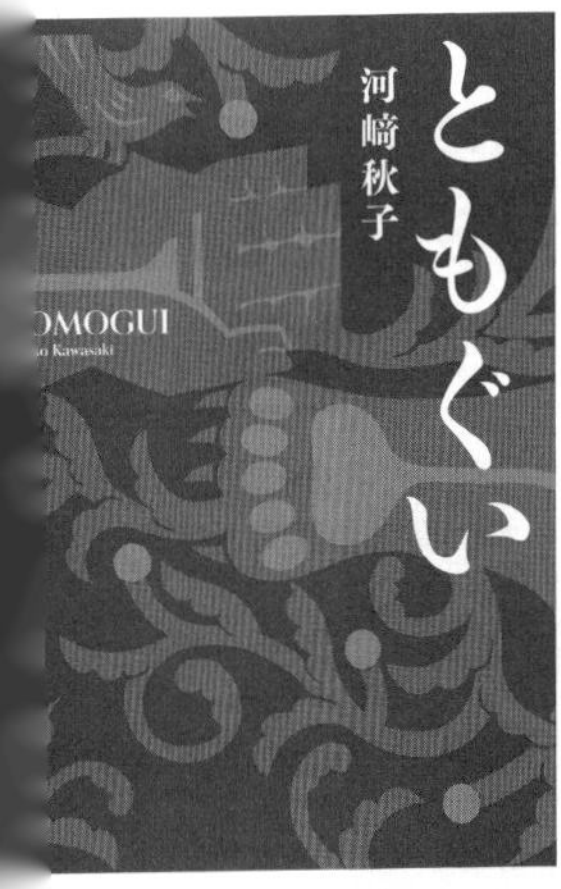

▼11月20日発売◎1925円

978-4-10-355341-0

明治後期の北海道の山で、猟師というより獣そのものの嗅覚で獲物と対峙する男、熊爪。図らずも我が領分を侵した穴持たずの熊、蠱惑的な盲目の少女、ロシアとの戦争に向かってきな臭さを漂わせる時代の変化……すべてが運命を狂わせてゆく。人間、そして獣たちの業と悲哀が心を揺さぶる、河﨑流動物文学の最高到達点!!

ミケランジェロの焔

ディー　・ドラッツィオ
上野真弓［訳］
11月29日発売●2365円

イタリアの人気美術キュレーターが、ミケランジェロの複雑なパーソナリティを、老芸術家の回顧録のごとく一人称で描いた伝記的小説。

59015

■新潮選書

歴史としての二十世紀

高坂正堯
11月16日発売●1760円

戦争の時代に逆戻りした今こそ、現実主義の視点から二度の世界大戦と冷戦を振り返る必要がある。国際政治学者の幻の名講演を書籍化。

603904-1

それでも母親になるべきですか

ペギー・オドネル・ヘフィントン
鹿田昌美［訳］
11月22日発売●2200円

産んでよかった。産まなくてよかった。社会が突き付ける選択の裏にある語られざる思いに迫り、現代の常識から女性を解き放つ一冊。

507371-8

もう一人、誰かを好きになったとき

ポリアモリーのリアル

荻上チキ
11月29日発売●1980円

355381-6

ドは978-4-10です。

■ご注文について

セザンヌの絵には塗り残しがたくさんある。ヴォラアルの『セザンヌ』にこうある。

著者の肖像では、手の上に二個所、カンヴァスに色が塗つてゐない所があつた。著者はそれをセザンヌに注意した。

するとセザンヌはかう答へた。

――『もしルウヴルのわしの先頃からの仕事が旨く運べば、恐らく明日はその塗つてゐない所を埋める正しい調子を見出せるかと思ふ。少しは、わかつて下さい。ヴオルラアルさん。若しわしがこの肖像のなかで、出鱈目に何か塗つたんなら、そこの所からわしの画全体を遣り直さなければならなくなるでせう！』

手の上に二個所。それをセザンヌはどう塗っていいかわからなかったから塗らなかった。小説でそのようなことは可能だろうか。うまく今は書けないから書かないで、空白にして書けるところを書いていく、セザンヌの絵のように。

ラボでは調子が悪けりゃやめた。参加費をみんな払っているからとかいうつまらない理由で引っ張ったときもあったが、時間を埋めるために。それで小さなものを突破する時もあったがだいたいの場合はうまく行かなかった。しかしよくてもやめた。

「やめよう

またにしよう」
そういえたときは調子がよかった。人を見るのが嫌にならずに済んだ。

わたしはやはりラボで何が起きていたのかうまく書けない。ありありと今目の前にあるように、のに書けない。見えているのに言葉に出来ない。しかし言葉に出来なきゃラボの先へは進めない。台本が書けない。それでいいのか。そうじゃないのか。こうじゃなきゃならないなんてことはどこにもない。わかってから書くというその発想が間違っている。とにかく書けばいい。やればいい。そしてそれをじっと見ればいい。わたしが見ないのなら誰かが見るだろう。見た誰かがやるだろう。塗り残す。塗り残し、書き残しに再び手をかけるかどうかはわからない。セザンヌはそのままにしてこの世から消えた。もしかしたらいつかどこかで誰かが手を入れるのかもしれない。

セザンヌがまだ新しい人として世間にあらわれた頃、画家たちの間では名は通っていたそうだが外の人がまだ知らなかった頃、はじめて展覧会が開催されて、そこへルソーが見に来て、どれかの絵を見て
「持って帰って完成させたい」
というようなことをいったと書いてあったのを読んだ。
北極星はこの星の歳差運動で変化していくらしい。今はこぐま座α星のポラリスだがいずれはベガがその役割を果たす、のだそう。

セザンヌ　（略）ひとつの物体ごとに、ひとつの技巧《メチエ》がある。自分の技巧は絶対に習得しきれない……私は止まらずに百年、千年と絵を描いたところで、何も知らないでいるだろう、そう思えるんだ……昔の人は、どんなふうにして仕事を山のようにどんどん片づけていったのか、私は知らない……私は画布を五十センチほど埋めていくために、自分を蝕み、死ぬ思いをする……まあどうだっていい……これが人生だ、私は絵を描きながら死にたいんだ……。

（略）

セザンヌ　私がやりとげなかったことは、ほかの人がやるだろう……もしかすると私はひとつの新しい芸術のプリミティフでしかないのかもしれない。

それから、とまどって、反逆するような素振りを示す。

セザンヌ　まったく人生なんて恐ろしい！

そして日が暮れてゆくなかで、私は彼がいく度かお祈りのようにささやくのが耳に入る。

セザンヌ　私は絵を描きながら死にたいんだ……絵を描きながら死ぬ……。

セザンヌは山の見える風の強いところで雨に降られて濡れて倒れていた。そこで死んでいたわけじゃないが担ぎ込まれて、死んだ。ずいぶん幸福な死に方だ。

引用文献
『ゴダール 映画史 II』 ジャン＝リュック・ゴダール著 奥村昭夫訳 筑摩書房
『ピダハン 「言語本能」を超える文化と世界観』 ダニエル・L・エヴェレット著 屋代通子訳 みすず書房
『セザンヌ』 ガスケ著 與謝野文子訳 岩波文庫
『回想のセザンヌ』 エミル・ベルナール著 有島生馬訳 岩波文庫
『セザンヌ』 ヴォラアル著 成田重郎訳 東京堂出版

ちゅうとは北の山の谷で一年一緒に暮らした。谷には俳優と脚本家の養成私塾があり、三十人ほどが全寮生活というのか、まさに同じ釜の飯を食べていた。当時わたしは十九か二十歳で俳優志望、ちゅうは二十四か五で脚本家志望。そのときのことを元に、歳はごまかさず後のすべては嘘にしてというようにして、わたしは『しんせかい』という小説を書いた。それが賞をとった。すぐに連絡をくれたのがちゅうだった。

おめでとう！

お祝いをしよう！

ちゅうがはしゃいでいるのはメールの字でわかった。しかしわたしは何がめでたいのかわからなかった。十代から俳優をして、二十代から劇を作って、四十をすぎてから小説をやって来たのはただ自分がそうしたいからで認められたいからでも金儲けをしたいからでもなかった。だからわたしの気分としては、お受けしますがこれを目指して来たわけではないのではしゃげませんし驚くほどまわりがはしゃぐのでむしろ不機嫌ですらあります、だった。格好をつけているわけでも何でもないんです。金が少し入るのは助かります。何しろあれこれ借金だらけだ。嬉しいというよりはだからほっとしています。そうだほっとしています。

相変わらず偏屈だね！

会ってそういえばちゅうにならら伝わった。

一度だから会おうとは思っていた。長いこと会ってなかった。公演にはいつも来てくれていた。いつも来てくれて、終わった後も待ってくれていて、感想をいってくれた。感想といってもあそこがどうだとか、こうしたらどうだとかそういうのではなく

今回もおもしろかった！

か、褒めるとこがなきゃ

チラシがいい！

玉ねぎ工場の箱積みというのが谷の仕事の一つにあってよくちゅうと行った。大きな鉄のコンテナに詰め込まれて畑から運び込まれた玉ねぎが工場で大きさ別に選別され箱詰めにされてベルトコンベアーでトンネルを通って土くさい倉庫へ流れて来る。わたしたちはそれを待つ。箱にはS、M、L、と大きな字でサイズが書かれていて、サイズごとに木の板でできたパレットに決められた積み方で決められた数積んでいく。完成したパレットはくわえたばこの工場長がフォークリフトで運んで行く。

昼を食べて、弁当だ、食事当番が全員分を朝四時か五時に起きて作る。わたしも当番の日は作ったし、ちゅうも作った。速攻で食べて昼寝をして、必ず昼寝はした。

昼休み明けは中の作業もはじまったばかりだから箱はしばらく流れて来ない。外は明るく日が差していい天気だ。工場からだろうか中で誰かが音楽を流していた。アイドル歌手の歌らしいがそれが誰なのかわたしたちにはわからなかった。谷にはテレビはなかったしラジオの電波もうまく入らなかった。新聞もなかったしネットなんかもちろんないから外で何が起きているのか知らなかった。何も知らなかったから大きな飛行機が墜落して何百人もの人が死んだと事故が起きて何日もしてから聞いた。今日は午後はもしかしたら暇なのかもしれない。天気もいいし、外に出たいな。

ちゅうとはたくさんあれこれ話していたのに不思議と谷のどちらかの部屋で、もしくは二人ではなく他の人も含めて数人と話していたという記憶がない。ちゅうと話すのはいつも玉ねぎ工場のような派遣された仕事先での隙間か谷の畑で二人でだった。

ちゅうが死んだ

と連絡が来た。谷で一緒に暮らした人が死んだことはそれまでにもあった。ただまだわたしは今よりずっと若かったから驚きもせず、葬儀で泣く仲間を不思議に思いながら見ていた。ちゅうの葬儀等、例の新型風邪騒動でひっそりと行われたらしく知らない間に終わっていた。

箱が突然隙間なく流れて来た。わたしたちは小走りで箱に向かい、サイズを確認し、両手で抱えて、そのサイズの箱の積まれたパレットに置いて、積んで、また小走りでベルトコンベアーへ戻るというのを繰り返したけど箱はどんどんたまりはじめていて間に合わない。サイズごとのパレットに分別していくのはこのままだとさすがに無理だとちゅうがいったかわたしがいって、わたしたちは走り回ってベルトコンベアーからとにかく箱をおろしすべらせ場所をあけ、あとで積めばいい、次から次へ隙間なく流れて来る箱をさばいていた。

　緊急停止ボタンはあった。箱がさばけなくなったら押していい、そういうボタンだいわれなくてもわかる。しかしわたしたちは押すなといわれていた。谷の先輩たちが何度も頭を下げ断られ続けようやくもらって来た仕事だったから使えないやつらだと思われたら困るから押すな。どうにも出来なくなったら元で止めてくれる。それまで我慢しろ。わたしたちは畑で立つなともいわれていた。サボっているのが農家の人、もしくは農協の人に丸見えだから立つな。かがんでする畑の仕事で立つなといわれていたわたしたちは腰が痛くなるとしゃがんだまま「いてぇ」と耐えた。理不尽な通達に逆らわず耐える自分をおもしろがってもいた。どうせ人間の世界はそんなことばかりだと年配者みたいなことをいうものはいなかった。みんなまだ若かった。ついこの間まで子どもだった。

　大きなブザーが鳴ってベルトコンベアーが止まって音が消えた。顔を上げたらちゅうがボタンの前にいた。

　わたしとちゅうはたまって落ちた箱をひとつずつ拾い上げて積んだ。わたしはちゅうは偉いなと思っていた。わたしだって押すべきだった。押すなといわれていたから押さないだなんてばかだ。ちゅうが泣いていた。しくしくというよりボロボロ涙を流して泣いていた。びっくりして面倒くさいから声をかけなかった。仕事を終えて車で谷に入るまで二人ともずっと声を出さなかった。

おれ秋田でしょ

秋田なの

秋田で生まれて育ったと聞いたのはちゅうが谷に来て少し経った頃。わたしが一年過ごしてからちゅうは来たからわたしは一応「先輩」ということになったのだけど敬語みたいなものはわたしも含めてみんな緊張していた最初の何日かだけですぐにタメ口になった。

秋田弁てね、よく聞いてて

秋田弁で何かいう。

フランス語に似てるでしょ!

フランス語なんかおれも知らないよ!

あ、でもひとつだけ知ってる

On ne voit bien qu'avec le cœur. L'essentiel est invisible pour les yeux.

心で見なくちゃ

肝心なことは目に見えない

「何それ」

「星の王子さま」

「何それ」

「知らないの??」
谷に入って車を止めるときになってようやくぼそっとちゅうが声を出した。ずっと黙っていたから声がかすれていた。こういった。

おれはこんなとこで何でこんなことしてんだ

二人がいる。前を向いて、観客に向けて、並んで座っている。間に距離がない。車のようだ。二人は黙っている。一人はどこか一点を見つめている。まばたきもせずに、というのじゃない。脱力している。一人は小さな動作で口を触ったり、指をこねたりしている。退屈しているようにも見えるし困っているようにも見えるが満喫しているようにも見える。二人は知らない者同士じゃない。しかし肉親には見えない。友だち、というのとも違うように見える。静かなところにいるのがわかる。音がするのにそれには反応していない、というふうには見えない。実際静かなのだ。遠くで雷が鳴ったように、脱力していた方が掠れた声でいう。口火を切る。

おれはこんなとこで何でこんなことしてんだ

ラボなら何人かがくすくすと笑っただろう。何かが膨らみ弾けたことがおかしい。それは驚きに似ていた。しかしだからと言って突然すぎたら聞き逃してしまうし、物音と勘違いしてしまったかもしれない。膨らむのがわかっていた。話そう、という準備が見えたのではなく気配。全体がそれを共有してからのせりふだったから、しっかりと聞こえたし、気配にせりふが、合っていた。気配の説明という意味ではない。内容じゃなかった。内容をわたしたちは知らない。ラボにおいては行われることの説明がされることなんかなかった。もちろんそれぞれ内容は内容で別にある。二人であれば二人の、その谷とよばれる場所での暮らし。遠くから脚本家や俳優になりに来たのに大工仕事だとか、鹿の横切る向こうの見えない広大な畑への玉ねぎの苗の移植だとか、人参間引きだとか、大根抜きだとか、山へ入り間伐材を切り倒し人力で担いでの運び出しだとか、馬の世話だとか玉ねぎの箱積みだとかだけをさせられて、して

肝心なことは何もしていない！

肝心とは何かも話せただろう。

おれはこんなとこで何でこんなことしてんだ

話がはじまるのはだけどそこからでしょ、という意見もあるだろう。

「相当ユニークな状況ですよ」

ユニーク、という言葉に引っかかりわたしはどうそうなのか、ユニークなのかを聞く。

「だって。役者になりに来て、ちゅうは脚本家か。なのに農作業や関係ない奴隷みたいなことばっかりやらされて、変じゃないですか。小説も読みましたが、『しんせかい』。変でしたよ。小説も変だけど」

変か変じゃないかの話はいいや。だいたい変か変じゃないかを判断するのは誰でその基準は何だ。何でもいつもそうだけどそこが曖昧すぎてゲームに入れない。聞けば基準は語られるのだろうけど厳密なようでいて適当なもので、突っ込む気にもならないし、見下しニヤつくのも嫌だ。どうでもいいどっちでもいい。そのゲームには乗らない。

「まぁいいやそこは。だけどシーンとして、場面として、普通はそこがまず説明されていないと、せりふの背後の説明です。それが行われていないと見ている方は何が何だかわからない。場面の二人は何も話していない」

それもよく聞くいい方だが果たしてそうなのだろうか。「話」はそうして「説明」されなければ立ち上がらないものなのだろうか。立ち上げる必要があるものなのだろうか。わからないまま人間を眺めていては何も伝わらないというのはほんとうなのだろうか。そもそも話されて聞いてわかったとして、いったい何がわかったというのだろうか。わかったといっているのだろうか。わたしはだけどその土俵に上がってはいけない。その土俵での勝ち負けはわたしのしていることと関係がない。

ちゅうがかばんから本を取り出した。表紙の破れた文庫本。『アイヌ神謡集』知里《ちり》幸恵《ゆきえ》編訳。

「この中にうさぎが歌ったのがあってさ

サンパヤ テレケ

「うさぎの話なのさ

私が、私って主人公のうさぎね。私が兄様うさぎのあとを追って山へ行くの毎日。

その私は?

何で?

山へ行くの?

兄様うさぎが山へ行くからだよ！

そこで兄様は人間の仕掛けた罠を壊すの。それが私はおもしろいから笑うの。兄様も楽しい。
毎日そういうことをしてた。
そしたらある日、山へ行ったら兄様が罠にかかっちゃってて泣き叫びながら、村へ戻ってみんなに知らせろ、フオホホーイ、ていうから私は村へ飛んで戻るんだけど何を伝えに戻ったのか忘れちゃう！
あそうだと思い出して叫ぼうとするけど兄様が何と言って来いといったのかが思い出せない！

ばかだね！

仕方がないから兄様が何と言って来いと言っていたのか聞きに戻ると兄様はもういなくなってて、血だけが見えた

で話は飛ぶ。

そう書いてるんだもん
こう書いてる

（ここまでで話は外へ飛ぶ）

ケトカ　ウォイウォイ　ケトカ、ケトカ　ウォイ　ケトカ

おもしろいよね！
ここまでで話は外へ飛ぶっていいよね！

飛んで時間が戻って、何と！　話は今度兄様目線になります。

私は毎日山へ行ってる。人間が仕掛けた罠を壊しておもしろがってる。

そのうち私は罠にかかっちゃう！

弟が来る。私は頼む、村のみんなに知らせてくれ。わかったって弟は走って行くけど戻って来ない。

忘れたんだ！

そしたらそこへきれいな人間の若者があらわれる。ニコニコしてる。若者は私をつかみ上げて、大きな家へ連れて行く。家には神の宝物がいっぱいある。若者は火を焚いて鍋をかける
間違いない。私を煮る準備！

刀で私をブツブツに切って
読みます

鍋一ぱいに入れそれから鍋の下へ頭を突き入れ突き入れ
火を焚きつけ出した。どうかして
逃げたいので私は人間の若者の隙を
ねらうけれども、人間の若者はちっとも私から
眼をはなさない。
「鍋が煮え立って私が煮えてしまったら、なんにも

ならないつまらない死方、悪い死方をしなければ
　ならない。」と
思って人間の若者の油断を
ねらってねらって、やっとの事
一片の肉に自分を化《かわ》らして

ここは少し想像してほしい。うさぎはバラバラにされているの。肉片になっているの。だから
うさぎは、その肉片の一つに、自分がなるの。自分の肉片に、なる

立ち上る湯気に身を交《まじ》えて鍋の縁に
上り、左の座へ飛び下りると直ぐに
戸外へ飛び出した、泣きながら

肉片が。だけどどうやらここらへんではそれはもう小さなうさぎになっている、気がする

飛んで息を切らして逃げて来て
私の家へ着いて
ほんとうにあぶないことであったと胸撫で下した。

後ふりかえって見ると、
ただの人間、ただの若者とばかり
思っていたのはオキキリムイ、神の様な強い方
なのでありました。

オキキリムイはうさぎに罠を壊されて怒ってたんだけど、うさぎも身分の軽い神じゃないし、
つまらない死に方をしたら親類もみんな困るだろうと不憫に思って逃がしてくれたんだと
読みます

それから、前には、兎は
鹿ほども体の大きなものであったが、
この様な悪戯を私がしたために
オキキリムイの一つの肉片ほど小さくなったのです。
これからの私たちの仲間はみんなこの位の
からだになるのであろう。
これからの兎たちよ、決していたずらをしなさるな。
と、兎の首領が子供等を教えて死にました。

おしまい
この本の注にこのようなことが書かれている。

鳥でもけものでも山にいる時は、人間の目には見えないが、各々に人間の様な家があって、みんな人間と同じ姿で暮していて、人間の村へ出て来る時は冑《よろい》を着けて出て来るのだと言います。そして鳥やけものの屍体は冑で本体は目には見えないけれども、屍体の耳と耳の間にいるのだと言います。

本体は耳と耳の間にいる。人間の様な家にいて人間と同じ姿で、それらはそれぞれ神だ。知里真志保《ましほ》による解説にこうある。

クマや、オーカミや、キツネや、エゾイタチや、エゾフクローや、アホードリや、シャチや、カジキマグロや、ヘビや、カエルや、沼貝などのような動物神、

トリカブトや、オーウバユリや、アララギなどのような植物神、

舟や錨などの物神、

それから火の神、風の神、雷の神などのような自然神

ようするにすべて。人間は、

人間の始祖とされている文化神

人間の始祖は文化神のオイナカムイ。地方によって呼び名は変わり、アイヌラックルともオキクルミともサマイクルとも呼ばれていたとある。

「しかし何でそんな話」

とわたし。

忘れた

とちゅうが笑う。あんなに泣いてたのに。暗くなって来た。そろそろ夕食の時間だ。

「しかし結局何のことだかさっぱりわかりませんよ」

わからない、に固執することはないよ。

わたしはちゅうの谷を出てからのほとんどを知らない。一度おかしなメールが来たことがあった。

今しがた

救急対応で、搬送されております。すみません！
ご確認させてください

ちゅうが死んだあと、ちゅうが面倒を見ていた猫が仲間内のやり取りの中でしばらく話題になっていた。残された猫はどうなるのだというようなことだ。

ちゅうはフェイスブックに自分で作った食事の写真と共に猫の動画をたくさん公開していた。猫の動画のほとんどはちゅうが帰宅したときのもので、ねずみ色の戸をあけるとあけたところに猫がいる。いつも戸の向こうに猫はいて、ちゅうが戸をあけると小さな声でミャーと鳴く。

猫はちゅうが死んだとき病院に預けられていた。まさか自分が死ぬ予感がして猫を病院へ預けていたわけではないだろう。ちゅうは病を得てはいたようだから心臓の止まる可能性はあった。可能性はといえばそうだ。しかし可能性があったって止まるとは思わない。

一人で倒れたちゅうは、わたしが倒れて行く、と思っただろうか。それとも倒れる前に意識は途絶えていたのだろうか。途絶えていなければだんだん目線が低くなっていったはずだ。変化していく景色が目玉にうつっていたはずだ。慌てただろうがそれでも死ぬとは思わない。

わたしは胃からひどい出血をして気絶しかけて救急車で搬送されたのだけど死ぬとは思わなかった。大変なことが起きているのはわかったけど死ぬとは思ってなかった。

ちゅうは猫をどうしようと微かにでも考えただろうか。猫がいつもご飯を食べるときに使う食器や、何度も動画にうつっていた、トイレや、そのトイレの砂つぶや、毛や、たくさんあっただろうおもちゃのはしっこやらは目玉にうつっただろうか。そのとき、自身に起きていることにだけ懸命なはずのちゅうのどこかに、いつもの、いつもいる猫の、猫が、よぎったかもしれない。
そのことにちゅうが気づいてなくとも、
「耳と耳の間にいるおれがね
「だけど耳と耳の間にいるっておかしいよね、耳と耳の間ってことはどこ、ここらへん？
「これは眉間か
「だけど眉間はここだよ
ちゅうは目と目の間の少し上をさす。そしてまた目と目の間をさす。鼻の、盛り上がりはじめ。
ちゅうの遺品に『星の王子さま』の版画があったと聞いた。ちゅうは『星の王子さま』が好きだった。わたしが「知らない」というとびっくりしてちゅうは読み聞かせるように話してくれた。
「きつねが秘密を教えてくれるの

心で見なくちゃ
肝心なことは目に見えない
On ne voit bien qu'avec le cœur. L'essentiel est invisible pour les yeux.

「きつねに教わるのか」
「きつね轢いたらしいじゃん
「うん轢いた。急に飛び出して来るから」

鹿だって急に飛び出して来た。熊に激突した人もいた。アイヌの人々はどうして耳と耳の間に本体がいるなどといったのだろう。見えているものはそれじゃない、本体じゃない、といつ知ったのだろう。

僕がコタンに入って暮したある日、深夜、寝言をいう馬を聞き、朝、チキサニの枝から燃える火のそばでさびしげにうつむいた犬をみた。その犬の無言と甚しい孤影をみて、それがかつて姦通の罪を問われ、鼻をそがれて追放された男の変身ではないかと本気にそう思ったのだ。それは、そこにいた老婆が、犬の腕をとって泣くようにいたわりながら、「お前のことは私から詫びて上げるからね」とつぶやいていたからだ。

詩人の犬塚堯《ぎょう》がそう書いている。

追放された男は殺されたわけじゃない。どこかで鼻なしで生きている。なのに犬になり僕のいるコタン（集落）にいる。男の本体が男から出てそこへ、犬へ、来たのか。しかし来て犬に入ったのだとしたら犬の本体はどこにいたのだろうか。男と入れかわったのだろうか。それとも少しゆずり合うようにして犬の本体も耳と耳の間にいたのだろうか。そうだろう。そうじゃなきゃ犬の本体の居場所がない。しかしそうだとしたらどこかにいる鼻のない男には本体がいない。ああそうか、だから男は鼻を削がれたのか。そして男の本体は男にはいずにそこらにいたのか。コタンのはずれか何かに鼻ごと捨てられて。それを犬がたとえば食べた。だとすれば確かに、犬は男だ。

しかしとなると鼻のない男は誰だ。

わたしは一度芝居で全盲の役をした。そのときわたしはまったく見えないようにテープで目をふさいだ。歩ける気が最初はしなかったがしばらくそのままじっとしていると自分の気配が少しずつ膨らみ染み出し、広がって行くのがわかった。もちろん何かにぶつかったり思わぬ方へからだが向いたりはした。それでもそれをしばらく続けて、何日も続けた。続けて驚いた。目をふさぎ動くわたしのからだが感じ取るものを、わたしが受け取り思案し再び【わたし】へ戻すその運動がはっきり見えた。「見えた」はおかしい。感じた。わたしは【わたし】から少し出ている、のがわかった。出ていたからわたしは、出た【わたし】に誘導されるように舞台のへりを平気ですたすたと歩いた。見ていたものたちはヒヤヒヤしたらしいが、目玉を使ってなかったからこそ踏み外す気はしなかった。何しろわたしは【わたし】に誘導されていた。見えていたらわたし一人だし逆にこわくて歩けない。

ラボで人前に出されて何かやれといわれた人たちも、困って、照れて、緊張して、あきらめて手当たり次第に押した拍子に何か、スイッチ、が入り、入ったとき、気がついたらはみ出していた。そうするのをじっと見ていたわたしたちも、見ている間に、知らない間に、出た、とまではいえないがはみ出していた。みんなが瞬間、【超】、でいた。

ちゅうの猫は今は谷にいる。朽ち果てかけた谷のいくつかの建物に手を入れて暮らす人のもとでかつてわたしたちの見ていた景色の中で暮らしている。

意識を失う前か、失った後でもいいのか、とにかく焼かれてしまう前にちゅうから出た本体は、猫のいた病院へ飛び出して行ったのだと空想してみる。病院へはちゅうが預けたのだし、もちろん本体も見ていた、というか本体はちゅうだ。とにかくだから場所は知っていたから飛んで走って

しかし待てよ。形態はどうなる。うさぎは肉片に化けていたけれど、ちゅうの本体は何になって飛んで走ったのだ。しかしそうか。『アイヌ神謡集』の注に

鳥やけものの屍体は冑で本体は目には見えないけれども、屍体の耳と耳の間にいる

とあったから、目には見えないのだから形態もくそもないのか。でもそれだとうさぎはどうして肉片になんか化けた。とかと理屈で考えたって仕方がない。すべてはその外の話なのだ。化けもするし、何にも成らず、それのまま動く。

いやしかし。**鳥やけもの**

鳥でもけものでも山にいる時は、人間の目には見えないが、各々に人間の様な家があって、みんな人間と同じ姿で暮していて、

人間はそこには入らないのか。人間はやはり仲間はずれなのか。必要以上に脳が大きくなって

しまったわたしたちではあるけれど、そんなに嫌わなくてもいいじゃないか。それに、耳と耳の間にいる、なんていったのは人間だろう。どうして自分はその中に入れない。わたしは入れる。
ちゅうは抜け出し本体となり、猫へ向かって猫へ入った。入って、猫の本体と押し合いへし合いしながら猫の中で、猫と、猫になり、またあの谷にいる。かつてあんなに文句ばっかりいっていた谷に猫といる。しばらく飽きずにそこにいるだろうから、少なくとも猫が肉を持つ間はもしかしたらまたそこで会える、というような空想
空想というが、わたしは、ほんとうにどうなるかなど死んだことがないから知らないのだから、馬鹿には出来ない。

引用文献
『アイヌ神謡集』　知里幸惠編訳　岩波文庫

FICTION　06
黄金の馬車

ユイガが危篤だとの連絡を受けて駆けつけたら最寄り駅の改札にケンが待ち構えていて大きな声で、こっち！　と走るから走ってついて行って、

ケンは今は南の島で、勤め先が運営する植物園の管理をしている。一人で島にいる。単身赴任。娘が成人式をむかえたとインスタグラムに載せていたのを見た。

病院へつくと神妙な顔をしたオーニシとタダがいて小さな声で、こっち、と急ぎ足にするからそのようにして、病室に入ると何人もいて、その人たちが、

やっと来たよ！

とユイガに叫ぶようにいったりしたものだから遅くなってごめんと、小さく会釈を方々にしながら、背中を少し丸めて、呼吸器をつけて仰向けで半身を起こした形になったユイガの横に膝をついて、

「来たぞ」

といったらユイガは、

「おお
と確かに笑った。

ヤマダもそこにいた。というかヤマダも一緒にわたしとそこに駆けつけていた。なのにユイガはヤマダに気がつかなかった。

医者が来て、

「では薬増やします」

というようなことを神妙な声でいった。医者はさっき病室の前のナースステーションで看護師と笑っていたのをわたしは見たからわたしには神妙な声を出すユイガの主治医というより、さっき看護師と笑っていたやつ、だった。薬というのは麻薬のことで、たくさん入れると意識がなくなってしまい話せなくなるからわたし（とヤマダ）が来るまで投与量を少なめにしていた、らしい。わたしはそのことを知っていた。そこへ行く途中のどこかで連絡が来ていた。

お前が来るまで意識をはっきりさせておきたい
だから薬は増やさないで待っている
だからわたしはほんとうに走って病院へ行った。くどいがヤマダも。走ってなかったのは電車の中と飛行機の中ぐらいであとはずっと走っていた。

薬が増やされた。点滴だった。をやる前にヤマダが慌てて部屋の隅、窓の横で声を出した。

「ユイガ！　一応おれもおるよ！」
その声でヤマダにユイガはようやく気がついて、やっぱり笑った。そして薬が入った。
「しょんべんに血が混じるんすよ」
ユイガにそう聞いたのはその何年も前の稽古の確か帰り道で、わたし以外にも誰かいた。ケンやタダはそのときはもう抜けていた。オーニシはいた。マユはまだいなかった。
そのときのいつかの稽古で、芝居がつまらないからしんのすけがぐずり出した。しんのすけというのはヤマダとメグの子どもで、まだ一歳にもなってなくて、三歳か四歳か、五歳かだった上の子のあかねと一緒に稽古場にいた。しんのすけのすぐ目の前ではタケウチが、電話をかけている場面をやっていた。「つまんねぇ」としか見ていたものはいわなかった。それしか助けるやり方を知らなかった。それを「助ける」とするわたしたちの稽古はずいぶん乱暴だったが赤ん坊であるしんのすけと同じ目線でいたともいえた。
つまんねぇ
なんとかしろよ
退屈だよ
しかし
「やる気あんのかよ！」
などとは誰もいわなかった。やる気があるのはわかっていた。やる気だけはあった。金でつながっていたわけじゃなかったからそこはシンプルだったし厳密だった。しんのすけはぐずるし泣くし、大人はつまんねぇ、なんとかしろよ、退屈だよとしかいわないし、タケウチはどうしていいのかわからなくなり顔が緑色になった。

「つまらないも何もただ電話している だけの場面の何をどうおもしろくしろといっているのだ！」

そういってキレてもおかしくなかった。キレたらよかった。キレるのか。ユイガは一度キレた。

つまんねぇな
誰かの、わたしの、言葉の後だ。

「おもしろくする才能なんかねぇんだよ！」

とキレた。

「どうしろっつうんだよ！」

わたしたちはしばし黙って、それから大声を上げてゲラゲラ笑った。

才能なんかなくていいじゃん！

誰かがいった。するとユイガはぽかんとして、

「なくていいの!?」

とびっくりしたようにいい、息を吐いて
「そっか」

といった。なきゃ話にならないとでもいわれていた、さいのう、才能というより、さいのう、の呪いが解けた、どちらかというとハンサムで、自分もその設定でそのときまでいたユイガが突

然馬に見えた。いや鹿に見えた。その鹿が「そっか」と息を吐いたあと、するするとせりふを口にしはじめた。出来た。

全部を使ってわたしたちはタケウチを見ていた。そのままで終わるか、緑の顔の色が抜けて白になり赤みのさすときが来るのか。来なけりゃやめだ。また明日。

「回転数を上げすぎた」

といった人がいた。

だからユイガは早死した

人にはその人にもっとも適した回転数がある。何かの拍子にそれが狂う。狂うというか、違う回転数に出会う。ユイガはわたしたちと出会い劇をしたことでそれが起きた、とその人はいった。

「それはだけどしあわせな人生だよ」

しかしその理屈でいえば、出会わなければ死なずに済んだことになる。ユイガにはそのとき死なずに済む展開があったことになる。それはほんとうだろうか。わたしは今生きているが死んでいた展開もあったのだろうか。仮にどの展開も実は起きていて、生きたわたしはこうして生きているが死んだわたしもどこかにいるとすれば、わたしたちと出会わなかったユイガはどこかで生きていて、そいつは不幸なのか。

結果的にだけどユイガが死んでわたしたちはひとまず劇から離れた。意識してそうしたわけではなかったが結果的にそうなった。今思えば潮時だったんだろうと思う。飽きていた。大きな震災もあった。わたしはFICTIONを神戸の震災の年にはじめたからキリもよかった。たまたまだけど震災がはじめるのに影響はしていた。どう影響していたのかは面倒だから書かない。原発が爆発したときユイガは放射線治療を受けていたところだった。

「あんなもんじゃねぇすよ」

「おれが受けてる放射線量は」

メグとヤマダとタケウチは北へ移住した。小さい子どもがいるから、これから作るから、作るからとはいってなかった、という理由で。

「でもさーヤマダさん」

「何」

「子どもが大きくなってお父さん」

「うん」

「ぼく原発で働きますとかいったりして」

「わははははは」

「原発爆発したから北へ向かったのに北で原発で働く、か」

「そういう自由はある」

「死神と会ったやつがさ。びっくりして遠くへ逃げんの。まだ死にたくないとかいって。でもその逃げた先で死神に会うの。何つったと思う？　死神」

「知らん」

「あーよかった。お前あんなところにいたからびっくりしたよ」

その話をしていたのはオギタだからオギタもそこにいた。

ユイガは病院を出たり入ったりするようになった。

タケウチは動かなくなってしまった。

思い出しながら笑ってしまう。劇の稽古は楽しい。大人が動けなくなり赤ん坊がぐずる。稽古は本番より楽しい。ずっと楽しい。観客は残念だ。いちばん楽しい時間を観ることが出来ない。ときどき稽古を観に来たり、本番前の仕込みやリハーサルを観に来る人がいたけれど、みんな本番よりおもしろいといっていた。

わたしは、大変な額の金を動かして大きな会社を買うような、そのようなことをする人と機会があり演劇をしていると話したことがあった。何かの流れでそうなった。赤い大きなソファにわたしとその人は座っていた。

「儲かりますか？」

とその人はいった。何といったのかわからずわたしは聞き返した。

「もうかりますか」

儲かりませんとわたしはいった。するとその人は、

「じゃあなぜやるんですか」

といった。

オギタが透析のつらさに耐え切れず、めちゃくちゃ頭が痛くなったりだるくなったりするので、

透析する人みんながみんなそうなるのかどうかは知らない、オギタのいいぶんだ、しかしそれは嘘じゃないのは見ていればわかった。禁止薬物を使用し逮捕され裁判にかけられたとき、裁判官が同じようなことをいったとユイガに聞いた。ユイガは傍聴席にいた。わたしは行かなかった。裁判官になぜそのようなものを使用したのかと聞かれたオギタが

みんなにつらそうだとは思わせず演劇を続けたかったから

とそのようなことをいったらしい。みんなというのはわたしをはじめメンバーのことだ。それへ裁判官は、

「そこまでしてやることとですか」

といったとユイガはいった。

オギタのいいわけもダセえんだけど、いいわけっつうか、嘘じゃないんだろうけど、ていうか嘘じゃないからこそダセえんだけど、あいつああいうとこまじだから、情にほだされるやつはまあかわいそうにってなるんだろうけど、ばかか、って話だし、実際ばかだし。ばかだなぁ。だから裁判官のいったことはその通りなんだけど、まったくその通りでございます、なんだけど、てめぇにはわかんねぇよともいえるわけで。ていうか、わかんねぇよあいつには。つまんねぇことってねぇで誰かに書かれた法律でさっさと罰すりゃいいだろ逃げるわけじゃねぇんだし。説教してんじゃねぇよ。ばかとかいったの撤回。ばかじゃないやつなんかいない

タケウチの顔が緑から色が抜けて白になり、かすかに赤みがさしはじめた。何がきっかけになったのかはわからない。苦悩するのに飽きたのかもしれない。

「空っぽの顔やん」

ヤマダがいった。すると赤ん坊、しんのすけが動いた。ぐずっていたしんのすけが母親、メグを支えに立ち上がり、赤みがさしはじめたタケウチに近寄り、肩に手をおいた。

「よくやった」

といったわけじゃもちろんない。ないがそういっていた。それをきっかけにタケウチがしゃべり出した。何をかは忘れたけどせりふだ。わたしたちは転げ回って笑った。

「しあわせな王子じゃん」

ユイガが笑いながらいった。空っぽのタケウチにしんのすけが近づいたのを見てそういった、中が空っぽの銅像に鳥がとまる、いずれにしても空っぽだからこそ鳥はとまる。

「中に詰まってるのがコンクリだったらとまるんじゃない」

「コンクリの時代の話なん？」

「ローマ時代からあるでしょコンクリ」

「そうなんや！」

「何ならとまらないの」

「肉」

「肉は怖いわ。肉が詰まってる銅像は怖いわ」

「つばめ、でしたっけ？」

はじめてオーニシが口をきいた。オーニシはほとんど声を出さなかったけど、誰かが芝居して

どうだったと聞くと
「うーん」

とかいって、そのあとぼそぼそとけっこう饒舌に批判したりするから、てめぇオーニシ、おめぇが一番下手くそじゃねぇか背は高いけど、とかいわれていた。オーニシは背が高かった。日本舞踊をやっていた。名取だった。だから今も名取だ。名取って何だ。つばめ、だったかどうかはあやふやだ。つばめでいいじゃねぇか
しあわせな、王子なん?

しあわせの、王子じゃなくて?

しかしそんな話だっただろうか。よく知らないが昔アニメで見た気もする。

「あのね」

メグがいった。

「死んだ王子様の魂が銅像に残ってて、建ってんだよそれが、宝石いっぱいつけてて、そこにつばめが来んの」

「やっぱりつばめじゃねぇか」

「で銅像がいうの、つばめに。貧しい人たちにこの宝石やらをわけてあげなさい」

「しゃべるんやその銅像」

「だからつばめは渡り鳥だから南へ渡らなきゃならないのに渡らずに運ぶの。で死んじゃう。寒すぎて。宝石剝がれた銅像の下で。違うっけ」

「何が宝石つけてんの」

「銅像がだよ」

「銅像に何がついてんの」

「宝石だよ」

しあわせな、王子?

しあわせの、王子?

「気持ち悪い話だな」

「気持ち悪い話だよ」

「人間はそういう話好きだな」

「それをいうお前はじゃあ何だ。ラクダか」

「動くの?　その銅像」

わたしは病室から出てすぐの廊下の横の階段の窓際に座っていた。というのも必ずユイガの両親のどちらかがわたしにあいさつのようなものをしに来るだろうなと思っていたので下におりてロビーのベンチにというようなことはせず、見つけられやすいようそこにいた。ヤマダはどこに行ったのだろう。外はいい天気だった。ユイガの父親が来た。そしてわたしに
「遠いところを」
というようなことをいった。違ったかもしれない。確かにわたしはその日は遠いところにいて、

北にいて、移住していたヤマダと朝一番の飛行機で来ていたのだけどユイガ父がそのことを知っていたかどうかはわからない。知っていたのか。ユイガ父とは何度か劇場で会っていた。荷物を運んだりする車をユイガはいつも出してくれていたのだけどそれはこの父親の車だった。

数時間後、ユイガが死んだ。病室から、

わー

と声が聞こえて死んだのだとわかった。

タケウチはマチュピチュの手前にいた。ペルーのだ。タケウチは新婚旅行で相方と大きなリュックを二人で背負って世界一周の安旅に出ていた途中だった。誰がどうやって連絡をとったのか、とれて、飛んで帰って来たけどもちろん通夜葬儀には間に合わず、来たらユイガはもう焼かれていた。

葬式のとき棺桶に横になっていたユイガの耳から、薄い血が流れはじめた。葬儀屋が脱脂綿でぎゅっと押さえた。

違う

タケウチが緑色の顔をしていたのはタケウチが、緑のプロレスのマスク、をつけた役だったからで、プロレスラーの役というわけではない、緑は顔の色じゃなくてマスクの色で、となると白くなり赤みがさしたというのは変だ。変だが起きたことはだいたい書いたようなことだ。

そのときの劇は『しんせかい』というタイトルで、わたしは同じタイトルを使って何年か後、小説を書いた。

劇でのタケウチはコタニという名前で家がなくネットカフェに寝泊まりしている。緑のプロレスのマスクをなぜかずっとつけている。仕事を探しているが住所がないから採用されない。しかし偶然海辺の工場の募集に引っかかる。工場には寮もある。そこにはわたしとヤマダとオーニシとユイガとメグがいる。わたしとメグは「内縁関係」にある。内縁なのだからそれはフリーといっても同じことだとヤマダがメグにちょっかいをかける。それを知ったわたしはヤマダをピストルで脅して殴る蹴る。その場面は劇では見せない。裏でそうしていたわけでももちろんない。ユイガは全身に刺青を入れてリーゼントの髪に剃り込みを入れたからだのねじれた人で、オーニシは大きな金髪碧眼のロシア人（そういう扮装の人だったのかもしれない。わたしが書いたのだが役の詳細は俳優が決める）で二人はじろじろとタケウチ演ずるコタニを見る。

小説ではスミトというのが船に乗るところからはじまる。スミトは北の【谷】へ俳優になりに行こうとしている。船ではこれから【谷】での同期となる年上二人と待ち合わせていた。一人は川島。

「かわしま、じゃなくて、かわじま。二十八」

一人は満面の笑みの立川。二十四。スミトは十九になりたてだ。船が着き川島の車に乗り込む。その算段で三人は船で合流していた。カーステレオから曲が流れる。スミトはその曲を知らない。知らないのかと二人は驚く。

「それ、行ってからいわない方がいいね」

「知らないってことをね」

谷を立ち上げた著名な脚本家の代表作のテーマ曲なのだという。スミトはその著名な脚本家の名前も知らずに試験を受けていた。谷に着くと手に大きな武器のような棒を持った泥だらけの赤いヤッケにサングラスをかけた男がいる。

並べて書くと二つは似ている。中身のない人間が知らない場所へ行き、嫌なところへ来てしまったと言葉にはせず、しばらく暮らす話だ。

小説家の保《ほ》坂《さ》和《かず》志《し》さんが公演を観に来てくれたのはこれだった。わたしはその何年か前から保坂さんの本を読むようになっていた。最初に保坂さんの本を知ったのは新聞の書評記事で『小説の自由』だった。小説をほとんど読みもしなかったわたしが小説を読むより先にそれを読んだからわたしには小説は最初から自由だった。

わたしは少しくさっていた。わたしというよりみんなたぶんそうだった。売れて金になり忙しくしていたのなら気が紛れてしばらくは走れたのだろうけど、わたしたちはそうじゃなかった。それはしかしそれでよかった。だけどだからこそ、何か、新しい、見方、角度、意見、がほしかった。続けて行くために何かしらの風がほしかった。一度でよかった。一度だけ。風は誰でもいいわけじゃもちろんなかった。むしろ絶対に誰でもよくなかった。わたしたちに、合うもの。批判されたくないからじゃなかった。そんなセコい話じゃなかった。批判なんか痛くも痒くもなかった。そうじゃない。

保坂和志さんに観に来てもらおう

あの本を書いた人に観てもらおう、そう考えた。それしか思いつかなかった。くそみそにいわれたら嫌だな、とかそんな気もなかった。観てもらいたいとしか思ってなかった。思い返すと熱くなる。まじめにわたしたちはやっていたのだ。

思い切って保坂さんが友だちと立ち上げていたサイトのアドレスへメールを送ってみた。書いて送ったら観に来てくれた。わたしはそのときのことは忘れない。

公演が終わって保坂さんとロビーで会った。保坂さんはわたしをみつけるなり、

あなたデビッド・リンチ好きでしょ

といった。わたしは、

「はい」

と曖昧にこたえたけど、そのときわたしはまだリンチの映画をしっかりと観ていたわけではなく、それでもおもしろいと思ってはいたから返事としては間違ってなかったけど、少し後悔した。そんなに観てませんといったらよかったのだ。少し経ってから保坂さんは

あれは訂正、好きだとしても似るわけじゃない

というようなことをいった。似ているといったかどうか、後に保坂さんは『遠い触覚』にこう書いていた。

この無駄に高いテンション！　ここで私はこの劇団の作・演出家はリンチが好きに違いないと確信した。芝居が終わって劇団の人と話をすると、イケタニを演じた役者こそが作・演出家だった。

イケタニというのがわたしの役名。

そして彼・山下澄人は、私の「もしかしてリンチ、好きなんじゃないの？」という質問に、「ええ、好きです。」と答えたのだったが、彼が標準語でしゃべったのはそのときだけで、彼は演技でなく本物の関西人だったのだが、私のこの質問はマヌケで、「リンチ的」なものは好きで真似できるようなものではないのだった。

標準語でしゃべったかどうかはおぼえてない。その夜、というのは保坂さんが観に来てくれた日の夜、だったとわたしは記憶していたが違うらしい。タケウチとユイガ、メグもヤマダやみんながわたしの家にいたから保坂さんが観に来てくれた日じゃなく最終日の片付けを終えたあとだ。劇場でバラシを終えて、わたしのアパートの近くの借りていた、今も借りているコンテナ倉庫へ荷物を片付けて、その途中、わたしは保坂さんが自身のサイトの書き込み欄にわたしたちの劇の感想を書いてくれていたのに気がついて、びっくりしてわたしはそれをみんなに見せた。タケウチがわたしの部屋に今もそのままにしてある、今となっては骨董品のようなパソコンの前に座って、貧乏ゆすりをしながら書き込みを声に出して確か読んだ。

わたしはそのときの記憶がキラキラと輝いている。夏で、暑かった。調べればそのときほんとうに夏だったかどうかはわかるが調べない。劇の中の季節は夏だった。「暑い暑い」と何度もせりふで口にしていた。みんな半袖で、半裸だった。小説は一年の話だったから季節は春夏秋冬全部あった。

その公演のとき、保坂さんをきっかけに画家の古谷《ふるや》利裕《としひろ》さんが観に来てくれた。古谷さんはブログに感想を書いていた。前半はおもしろいが後半がつまらない。しかしわたしがおぼえているのはそこじゃない。そのもっとあとの公演のことで、『しんせかい』とはだからまったく別のとき。その感想に古谷さんはジャン・ルノワールの映画『黄金の馬車』に出て来る劇団のようだFICTION はと書いていた。

『黄金の馬車』はこういう話、

ある街へ黄金の馬車と共に劇団がやって来る。馬車は街の総督が購入したものだ。総督はそれを税金で購入しようとしている。劇団が芝居をうつ。それを街の人気者の闘牛士が観に来て女優に惚れる。しかし女優には一緒にこの街に来た男がいる。総督も劇を観て女優が気に入る。女優は三人の男から気に入られる。そこからはそのことにおけるすったもんだで、だれとも女優はつながらず、お前にあげると総督からもらった、そのかわり愛人になれともらった、女優も欲しがっていた、あの黄金の馬車を教会に寄付して話は終わる。

書いてみたがあらすじはどうでもいい。

映画の劇団は家族のように見えてたぶん家族じゃなかった。小さな子どももいたから家族も含まれていたのだろうが。それはわたしたちのようだった。古谷さんはだからそう書いていた。しかしわたしは映画のタイトルである黄金の馬車、それがわたしたちをあらわしているのかと勘違いしていた。黄金の馬車にわたしたちは乗っていたのかと勘違いした、というかどこかでそうすり替わっていた。映画での黄金の馬車は総督がインチキして手に入れようとした、金ピカで趣味の悪い、今でいうならどこかの知事が公費で買った高級車だ。なのにわたしはそう勘違いして、この短編のタイトルにもした。書きはじめてから勘違いだったと気がついた。気がついたがわたしはタイトルを変えなかった。思い出し、空想し、書くにつれ、やはりわたしたちはというか少なくともわたしは、みんなと、黄金の馬車に乗っていたのだという思いが強くなった。思いがというか、そうだった。あれはまさしく黄金の馬車だった。今はみんなおりて、馬車がどこにあるのか知らないし、探す気もないけどそうだった。趣味の悪い、しかし金ピカの、その割には車輪のがたついた、まともに走りもしない馬につながれた、馬車。また馬車めいたものに乗り、走らせるときはあるだろうけど、もうそのときはあのときの馬車じゃない。しかしそれはそれでいい。ノスタルジーというのとも違う。わたしにはただの事実だ。楽しかった。過去に照り返されて今が輝く、というようなことを、もしかしたら全然違うかもだけど、保坂さんは書いていたように思うがそれだ。その光はまだしばらくわたしに輝き続ける。闇雲に無茶をして、死んだやつがいたり、今も半身不随で「不便だくそ」と悪態つくやつがいたり、わたしも死にかけたりしてあれこれ大変だし、幸せですね、などといわれたら食ってかかりたくはなるが、振り返りたくもねぇよと吐き捨てるものもいるだろうが、やっといてよかった。

引用文献
『遠い触覚』　保坂和志著　河出書房新社

FICTION　07
助けになる習慣

昼飯を買いに外に出た。空気がうまい。気持ちがいい。マスクを忘れた。そのまま行くかと思うが店であれこれ面倒だ。取りに戻った。

芥川賞と直木賞の創設に携わった小説家の菊池寛に『マスク』という短編がある。

自分は、極力外出しないようにした。妻も女中も、成るべく外出させないようにした。そして朝夕には過酸化水素水で、含嗽《うがい》をした。止むを得ない用事で、外出するときには、ガーゼを沢山詰めたマスクを掛けた。そして、出る時と帰った時に、叮嚀《ていねい》に含嗽をした。

それで、自分は万全を期した。が、来客のあるのは、仕方がなかった。風邪がやっと癒ったばかりで、まだ咳をして居る人の、訪問を受けたときなどは、自分の心持が暗くなった。自分と話して居た友人が、話して居る間に、段々熱が高くなったので、送り帰すと、その後から四十度の熱になったと云う報知を受けたときには、二三日は気味が悪かった。

一九二〇年前後にスペイン風邪と呼ばれるものが流行したときの話だ。

病気を怖れないで、伝染の危険を冒すなどと云うことは、それは野蛮人の勇気だよ。病気を怖れて伝染の危険を絶対に避けると云う方が、文明人としての勇気だよ。誰も、もうマスクを掛けて居ないときに、マスクを掛けて居るのは変なものだよ。が、それは臆病でなくして、文明人としての勇気だと思うよ。

ついこの間まで「昔はあんなペラペラのマスクで防げる気でいたんだあんなインテリですら」と思っていた。菊池寛は京都帝国大学出だ。それが新型コロナと呼ばれるものが世界を席巻して一変した。そこら中あっという間にマスクだらけになった。「少し前の時代の人はマスクもせずに外出していたらしい。エビデンスによると低学歴者が多いらしい」ということになり真夏でもつけていた。するものとしないものが啀《いが》み合うようになっていた。慌てて研究開発されたワクチンを打つ打たないで啀み合うようにもなっていた。

買い物をして店の出入り口少し横の喫煙所でマスクを外してたばこに火をつけた。紙巻たばこは何年も前にやめて電子たばこにしたのだけど舌を軽くやけどするからまた紙巻をたまに、一本を三、四回に分けて吸っていた。

マスクもせずたばこも吸うわたしにも空は白く、北の春の空はいつも白く時々雪がまだ降っていた、遠くの桜のニュースを昨夜見た。

人が来てマスクをあごへずらして電子たばこをくわえてスマホを出した。

正面は寺で葬儀場が併設されている。右斜め前には神社。その手前は野外駐車場。隅に仮設の交番がいつの間にか出来ていたがすぐにそれはなくなり仮設の発熱外来になっていた。

ずっとスマホを見ていた人が電子たばこを吸い終えてマスクを戻してスマホは手にしたままわたしに、

〇〇へはどう行けばいいですか

とたずねて来た。

「ここをまっすぐ、あそこの信号を」

大きな声ではっきりとわたしはいった。マスクをつけるようになって声がこもって聞き返される事が増えていたからそうしていた。人がほんの少しだけわたしを避けるように距離を取った。わたしはマスクを外していたことに気がついてなかった。

「ここをまっすぐ、あそこの信号、二つ目を左へそしたらまっすぐしばらくまっすぐどんつきの公園まで行くと」

わたしが説明し終える前に顔を斜めにその人はありがとうございますとたぶんいって離れて行った。離れて行ったのはマスクを外していたからかとそのあたりで気がついた。たばこを消してスマホを出した。日付が見えた。三月十一日。

あの日は突然揺れた。テレビやパソコンが倒れそうになったからそれを両手で押さえて窓の外を見ていた。電信柱が揺れていた。からすが飛んでいた。部屋の本棚から本が飛び出した。しばらくして津波が来た。テレビのアナウンサーが画面にはどこかの港に津波が到達するのがうつし出されていたのにそことは違う別の場所での火事のことを報じていた。

当時適当に募集した人たちと劇を作っていた。いわゆる「素人」と呼ばれる人たち。唯我《ユイガ》もいた。それが唯我が参加した、参加したといっても稽古に二日ほどだったけど、演劇のこの世、とわたしたちがいう場、での最後になった。唯我は放射線治療の影響でリンパ液が滞り、と聞いた、下半身がむくんで膨れ上がっていたからずいぶん歩きにくそうで、腰も痛いから座れず横になり手枕でゲラゲラ笑って見ていた。

「せっかくいるんだから何かやれよ」

その劇ではいくつかの既製の戯曲、ベケット、ピンター、などを試していた。唯我はベケットの『勝負の終わり』のはじめの方をやった。一晩でそれをおぼえてやった。スペースの真ん中に顔にタオルをかけた男（山田《ヤマダ》）が椅子に座っている。そこへ足を引きずった唯我が出て来る。ベケットのト書きにそう書かれてあった。しかし唯我はわざとそのように歩く必要はなかった。歩けばそうなった。そうでしか歩けなくなっていた。いくつかある窓、少し高いところに窓があるとト書きにある、に従いいちいちそれへ脚立を引きずって行き、登って窓から外を見て笑う。すべての窓でそれをやり、真ん中に座る男の顔にかかったタオルを外してまた笑い、せりふ。

終わり、終わりだ、終わろうとしている。たぶん終わるだろう

津波だと大騒ぎするテレビをつけっぱなしにして劇の台本をわたしは書いていた。原子力発電所が爆発した。その瞬間を見逃すまいと書きながらテレビの音を上げていたのに不覚にもわたしは寝てしまっていた。何しろ寝ずに書いていた。書いていただけじゃなかった。音を作り、音楽を作り、動画を作っていた。わたしはあきらかに高揚していた。

弁当を手にレジへ持って行く。店員とわたしとの間にはのれんのように吊り下げられた分厚いビニールシートがある。感染対策。店員が何かいったような気がしたが、何をいっていたのかがわからない。聞き返す気もない。

原子力発電所が爆発した数日後か数週間後、十日は経っていた、喫茶店に、山田と竹内《タケウチ》と唯我とでいた。荻田《オギタ》もいただろうか。山田には小さな子どもがいた。竹内は結婚したてだった。すぐにでも子どもが欲しいというようなことを相手がいっているといっていた。二人は子どもへの放射線の影響を気にしていた。そうした情報が飛び交っていた。

漏れ出た放射性物質には半減期というものがあり、半減期というのは放射線の影響力が半分になる時間、多くのものにおいてそれは何年何十年という時間、よく耳にしたヨウソはしかし八日。有害なものを取り込まないための丸薬を子どもに飲ませるだの飲ませなきゃいけないだのいっていたがその時期はもう過ぎていた。

チェルノブイリという名前の土地で原子力発電所が爆発した時、スーパーの棚からヨーロッパ経由の食品が一切なくなったと聞いたがわたしはそれらを見ていない。人里離れた谷にいた。谷でテレビも新聞もない暮らしをしていた。

あんなに遠くでそうなのなら近い今回はやばいんじゃないの、平気だったとしても今はまだわからないんだから、おれは別にかまへんけど何しろまだ小さな子どもやしな

「おれの受ける放射線量はあんなせこい量じゃないっすよ」

ミリだかマイクロだかシーベルト。唯我の腰の放射線照射する場所にマジックで印がつけられていたのをみんなで見た。

「マジックやん」

「消すなよ」

そのときは姿勢その他とくに変化しているようには見えなかった。稽古に参加したのはこの数週間後。数週間で状態は変化していた。

山田は家族で引っ越した。竹内はパートナーと東京へ出て来ようとしていたのをやめた。

一度も唯我の見舞いに行かなかった荻田がようやく見舞いに行ったのは唯我の容態が急変する前の日。わたしはいなかった。制作子、わたしたちは制作担当をそう呼んでいた。制作子がいた。

病室に入ったら、ちょうど浮腫を抑えるために巻くサラシのようなものをかえてて、すごい巨大になってて体が

クジラみたいで

陸に打ち上げられたクジラ

そもそも大きいから唯我は

唯我は大きかった。百八十近くあった。

顔色は本当に悪くて
でも普通にしゃべってて。あの甲高い声で
話した事は、『緑のさる』の豊崎由美《とよざきゆみ》さんの書いてくれた書評のことでその話で
すごく嬉しいって

演劇で名が売れていたというわけでもない、小説を書いたこともないわたしに出版社に勤めるHさんは小説を書きませんかといって来た。書くのにたぶん二年ぐらいかかった。書き上げてから本になるまでも少し時間がかかった。何処の馬の骨かもわからない人間に会社がゴーを出し渋るのはあとで考えれば当たり前の話だった。

ある日作家の保坂和志さんにわたしは呼び出された。保坂さんには公演を観に来てもらって以来何度か会うようになっていた。指定された場所へ行くとMさんがいた。Mさんは編集者で二人は打ち合わせをしていた。保坂さんがトイレに立ったときMさんが

「小説は書かないんですか」

といった。演劇をやっていることはその少し前に保坂さんが話していた。わたしはおそらくそのときはじめて、小説を書いていることを人に話した。隠していたつもりはなかったから聞かれればこたえた。するとMさんは、

「読んで貰えばいいじゃないですか保坂さんに」

といった。読んでくれますかと保坂さんにいうと

「読むよ」

といってくれた。読んでくれた上に本にするのを出版社が躊躇していたとき保坂さんはあと押しさえしてくれた。帯も書いてくれて、本におまけでつく対談までしてくれた。そうやって出た本を書評家の豊﨑さんは取り上げてくれた。唯我はそれを読んだ。

ご飯の時間になってご飯を唯我は少し食べて、そろそろ帰るってわたしたちがいったら、たばこ吸いに外に行きたいっていって、車椅子に乗せてミナミちゃんが押して、病院の向かいの電柱の下で荻田とたばこ吸って、別れた

駅へ向かう道の途中で急変したと電話があって、あわててまた病院に戻って、もう本当に危ない、今夜か明日かと聞かされた

そのあたりでわたしに連絡が来た。もう少し前か。

終電もなくなり、唯我のお父さんが宿を二人分とってくれてそこで寝てくださいって連れていってくれた

とてもきれいな部屋で、ベッドに座った途端に、またさらに危ないと電話があったからすぐに駆けつけた

宿から病院まで荻田が必死で走って追いつけないくらい速くて、すごく速くて

おぎちゃんが走るのはじめて見た

朝になって荻田は透析に行かなきゃならなくて、唯我のお父さんは今日なのか明日なのかわからないから行ってくださいというので荻田は透析に行った

前の日の夜、病院の待機室にみんなでいるとき、唯我の部屋の近くだったから病室から音が聞

こえてて
それはとてもよくおぼえてる。サッカーのユーロで
確かイングランド対フランス
ゴールした時に、
おーーー、って
唯我の大きな声が聞こえた

次の日唯我は死んだ。
食べてそのまま長椅子に横になった。少し寒いから立ち上がりストーブをつけて再び横になった。少し寝る。

唯我は三十五で死んだ。今生きていたら四十代。その唯我がいう
「なるほど四十代というのは確かに少しからだの可動域がせまいですねそう？

しかしまだ四十代だ。
「そっちはどうですか
左目の視力の低下がひどいけどこれはこうなるだろうと予想していた。原因はたぶんスマホだ。わたしはスマホで小説を書いていた。書きはじめてしばらくはずっとそうだった。さすがにもう今は目がきついからパソコンを使ったりするようになったけど。
「でも右目もやられるとは思わなかった」

見えないわけじゃないから慣れれば平気。見えなくなっても仕方がない。だいたい目でも何でも少しずつだから気がつかないといえば気がつかない。検査なんかしないから進んでからでないとわからない。何の検査もしたことない。血液型も知らなかった。関節は元々柔らかいから可動に問題はない。毎日体操はするからむしろ昔より動く。問題はむしろ関節と関節の間。筋肉じゃなくてスジ。その反応が前と違う。説明が難しい。

「へぇ

　こんな、唯我と話したわけじゃなく空想して書いて、空想なのにすぐそこにいる気になるのが不思議だ。たとえばここに、山田がいて、竹内もいて。荻田もいてメグもいて。大西《オーニシ》も大山《オオヤマ》も多《タ》田《ダ》もいて。真由《マユ》がいて。受付を手伝ってくれていた制作子もミナミちゃんもいるけどサナちゃんはいない。ユウコちゃんもいない。しかしあと何人かいて。だけどその人たちはこちらに背を向けていて。あの中にきっとユはいる。いないか。マサトもいないか。

「FICTIONですね

　最初集まりの名前をつけようとした時、たまたま見ていた辞書にその単語を見つけてそこに

偽《にせ》の薬につけられたいんちき効能書き

　と書かれてていいなと思ってそれをつけた。

　あんなにいつもよくしゃべってふざけていた山田がひとことも話そうとしない。

「好きなように書けばいいんですよ。だけどぼく以外みんな生きていますからね。山田さんがしゃべらないのもまだ生きているしさすがに手が縮むんじゃないですか。ぼくは死んでるから好き

にやれるんでしょうが

前、北の谷での生活を『しんせかい』とタイトルをつけて小説にしたときもそうだった。だからわたしは「北」とか「谷」とか【先生】とかまわりくどい書き方をした。小説の最後にこう書いた。

すべては作り話だ。遠くて薄いそのときのほんとうが、ぼくによって作り話に置きかえられた。置きかえてしまった。

山田に何かしゃべらせてみる。

「引っ越したくなんかなかったって引っ越してからというか引っ越しするときから、引っ越しする前から何遍も考えた

メグは黙っていた。あんなに大きかったメグが、メグは大きかったのだ、大きくて肌が白くて無愛想で、それが痩せて小さくなっていた。みんなそうだった。痩せて縮んでいた。

みんな老けましたね

若いうちに死んだ唯我は確かにいつまでも若い。

「そらいろいろあれや。世話になったしいろんな人に。でもそれでも不満、ていうか何ていうの。何ていうのそういうの。竹内。何ていうの

「ふまん

竹内も老けた。三人子どもがいる。
「やっぱり不満やん。不満は出て来る。そらそうやで。突然何もかも片付けて知らんとこへ子ども連れて引っ越すねんから。慣れん土地で冬は寒いし仕事はないしつまらないなと思って聞いていた。書いていた、か。
「ああした時は、あれやん。みなさん避難民にすごい親切やん。だけどあれやん。かわいそうやけどそこはやっぱし少しは我慢しろよていう空気、あるやん
「身が縮むようなね
メグがいった。それで縮んだのか。
「それ。あるやん。災害には旬があるから暑さ過ぎれば涼しくなるいうやん
「なるじゃないですか
「え
「夏が過ぎたら秋ですよ
安瀬《アンセ》だ。安瀬はなぜか昔から山田には強く出た。山田もそれが気に入らないから安瀬には強く出た。
「お前は黙っとけ
それから山田は、こんなところでいったい何をやっているのか、ここまでしてあれする必要があったのか、というようなことをいった。

大人になると人はつまらなくなる。

「自分で勝手に書いといてどないやねん。おれ何もいうてないしな実際には
わたしは唯我が死ぬ時、危篤だと知らせを受けた次の日の昼。病院へ駆けつけたとき、唯我にも両親がいて、大事な人がいるということを、もちろん知ってはいたがあらためてはっきりとそれを見たとき動揺した。
「そういうところですよ
「何も見ていない、知ろうともしない
「興味ないねん
「芝居しか興味ないからな。今はあれか。難しい作文か。小説か
「知らずに済むと思ってる
「積み重なってた借金だってそう
「どうしようもなくなるまで手をつけなかった
「そんなんやからいまだに借家やねん！　大人は家買うねん！　子どもも作んねん！　親の介護もすんねん！　親はよ死んでるからそれもしてないやろ！
「わくちん打ったんですか
「打ってない打ってない
「反社や！　赤ちゃんでも打っとんねん！
「そして相変わらずこうやって空想を暇があれば書いてる
「インチキ効能を書くことで清算しようとしている

「いいじゃんそれは

荻田だ。

「おぎちゃん、まだ生きてたんやな

生きてるよ

演劇をやっていた頃、一人でものを作るなんて考えたことがなかった。それは仲間がいたということでもあるし観客がいたということでもあった。演劇はすぐそばに生きた人間を必要とする、やる者と見る者、演劇はその二つの生きた人間を必要とする。小説は違う。書いたやつは死んでたってかまわない。ただ、読む人は生きてなきゃだめだ。

「ぼくはこうしてる間も、非常に集中してるわけです

唯我が話しはじめた。気を入れて聞いていないと聞こえない。

ぼくは非常に集中してるわけです。まずそのことの説明からしなくちゃいけないからします。ここではぼくは相当気を入れてないともう「ぼく」という集まりにはならない。輪郭がぼやけているというのか、散らばってるというのか。でもそういうと、そんないい方をしてしまうと、「ぼく」があたかもあるような、ばらばらだとしてもエキス？　そういうものが残っているかのような、そうしたものがあったかのように勘違いされますが、そんなものはないんです。もうない。というより、そもそもない。エキスなんかない。たぶん肉のあるそこでだけあったとすればあった、というとだけど誤解されるな。ないんですそんなものはそもそもどこにもぼくにも誰にも。でもだけどあるとしなければこの欄は埋まらない。

もう一度いいます、欄が埋まらない

「欄というのはこの小説のこと？

そうじゃないんすぼくのいいたいのは。わからないだろうなぁ。死ねばわかる。一回死んでみりゃいいじゃん

「ならここを今こうして書いてるやつはどうなんだよ！　こいつは生きてるじゃねぇか！

荻田だ。

だからFICTIONなんですよ

偽の薬のいんちき効能書き

「唯我あれやな。死んで賢なったな

山田がいった。

「だからあいつが書いたんだって

メグがいった。

いずれにしてもぼくはこの欄を埋めるためにここにいる。みんなそうでしょ。何かを維持するため、させるためにここにいる。わたしって何、わたしはあなたでもある、あなたはわたしである、なんていい出したらみんな困っちゃう。みんなにはまだ肉がある。このこれと指せるものがある。いつか消えてなくなるものだとしても。だけどぼくは死んでいる。みんなと少し違う。だから少し整えないといけない。整えるふりをして整えられたふりをしなければならない。そちらでたとえれば空気を集めてひとつの何か、この場合は「ぼく」にするということ。しかしこれはさっき

山田さんがいったようにこれを書いているものの想像です。想像、空想。しかし空想想像ということにしているといえもする。ぼくがそうさせているといえもする。どちらともいえない。簡単に切って捨てることもできるが何かが妙に引っかかる。そうですよね？　肉体というはっきりした入れ物がなくなって、どんなかなあ、わからない。どんなになってるかわからない者が話す死者の語り

「いんちきやん

「劇やな

「なげぇよ

メグだ。

「いつまでもてめぇの空想に付き合わせてんじゃねぇよ。こっちは忙しいんだよ。過去書いて小銭稼ぎしてんのに付き合ってられるかよ。唯我くんもさー、ホイホイ呼び出されて出て来てんじゃねぇよ。あっちはあっちでやることあんだろーがよ。そっちに専念してろよ。どうせみんなそっち行くんだからよ。同窓会したきゃそこでしろよ

昨日の明け方、わたしのいるあたりの空を火球が飛んだのだそう。最近、火球の話をよく聞く。今から先のいつか、わたしのからだに異変が起きる。吐くし貧血がひどいから立つのもつらい。よほどにならないとわたしは病院へ行かないから、三、四日粘ったのだけど、ひと月前ぐらいから痩せていたし、カンセンしたのかもしれない。わたしは病院へ行った。

病室はいちばん安い六人部屋にしてもらった。年寄りばかりだったがわたしも年寄りだった。

医者は
「あと半年持つかどうかです」

といった。違ういい方だったような気もするがそのようなことをいった。それはしかし聞いたからこたえてくれた。とうとう来た。わたしはたぶんずっとこのときを待っていた。待ち構えていたわけじゃないが待っていた。

　さてどうしよう。身内はいるから誰にも連絡しないというわけにもいかないだろう。しなくていいが死んだと突然聞かされるのもびっくりする。しかし死ぬまでに日はあった。まだいい。そのときはしかしどうだろう。わたしはまだ書いたりしているのだろうか。からだが許せば書いているだろう。死ぬ間際でさえ、というか死ぬ間際こそわたしは書いてみたい。それぐらいしかわたしにはすることがない。

　パソコンは持って来ていた。どこまで書いていられるか。スマホは捨てた。

　日に日に体力は落ちていた。しかしそれは生まれてはじまったときからそうだ。盛り上がり萎《しぼ》んで行く。生成して消滅する。

　わたしは大きな手術を二回していたし、胃潰瘍でふらふらになって入院したことがあったから、その状態が、元気ではない状態がつらくないことを知っていた。つらくはない。仕方がない。成長しているのだ。背が低かったときに戻りたいとは思わない。いやなのは痛みだ。それさえ取ってくれればいい。祈るような気持ちとはこのことだ。どうか痛みだけは取れますように。そういう薬がありますように。いずれにしてももう元気になって外を歩くことはないし、マスクもしなくていい。

どこの子どもか知らないけどときどき来る子がいた。パジャマを着ていたから入院していた子どもだろう。わたしにはもう男の子か女の子かもわからなかった。とにかく子どもだ。その子どもが毎日来るようになっていた。そしてわたしを見ていた。『緑のさる』にわたしは似た場面を書いていた。

ある朝、わたしは変な気分で目が覚めた。体はとても軽くて今にもベッドから飛び起きられるような気がしたのだけれど、どうせそんなことをしても疲れるだけだからとそのままでいたら、看護師が慌てて走ってきてわたしに大きな声で呼びかけた。すごくよく聞こえていたし、返事をしてもよかったのだけれど、面倒くさかったからわたしはそのまま返事もせず黙っていた。マミが来た。

マミというのは妻だ。

病室へ入ってくるなりマミはわたしの手を握った。

しかしわたしの場合そうはいかない。何しろカンセンタイサクで面会が禁止だ。

あまりにきつく握られたのでわたしは痛かった。そして突然、ああそうか、死ぬのか、と思った。

そしてそこへ子どものときの「わたし」と妹が来る。

「いつ死ぬの?」

肉があるという事は
日が当たると暖かいですもんね
暖かくあれとは思いますよね

目がさめた。スマホを見るといくつも着信していた。先輩が死んだ。死んでばかりだが死んでばかりなのだ。谷で一緒に彼とは暮らした。
わたしははじめての小説を本にして出したらすぐ賞を受賞した。Hさんはとても喜んだ。そしてまたすぐ別の賞の候補になるようになった、何度か候補にはなったが受賞せずというのが続いた。わたしは気になんかしていなかったのだけどまわりの空気が違っていた、早いうちに受賞するならしてしまわなければこれが続くのはつらいとわたしは思った。嫌なら断ればいい。候補となる時はどうしますかとたずねられる。しかし断るというのは気が引けた。次こそはと待ってくれていた人たちに悪いし強く推してくれていたのはMさんだとわたしは知っていた。そのうち谷での暮らしを書いた『しんせかい』で受賞した。どうもありがとうと、死んだと知らせのあった先輩はいった。

「あの時のことをああして書いてくれて」

あのときとは谷での時間をいっていた。

わたしが先輩に会いにいった時、先輩は自分の状態を内緒にしていた。先輩が病で死が近いということはわたしは彼の近くにいたものから聞いた。息苦しそうにしながら彼は、

「動けないならもういいんだけどな」

といった。わたしはこの人はもしかしたら自分で始末をつけてしまうかもしれないなと思った。何度か試したらしいがうまくいかなかったのだと死んでから聞いた。

わたしはこれを一年置いて書き直しているからゴダールが死んだことを知っている。九十いくつで、あれは何というのか、安楽死？　自殺幇助？　で死んだ。もう疲れたといって死んだと書かれてあったのを読んだが何で読んだかは忘れた。九十いくつまで生きて、何かに寄りかかるのではなく粛々と「新しいもの」を作り続けてきたのだそりゃ疲れただろうし、もういい、となったのだろう。作る体力の目減りは誰よりも自分がわかる。作れないのなら、それにもう自然に死ぬのも間近だ。

葛飾北斎は九十で死ぬとき、死ぬのをあと十年のばしてくれたら、せめて五年のばしてくれた

ら、わたしは本当の絵描きになれる、といって死んだ。

わたしは何を先輩と話したのかおぼえていない。彼が自分で造ったという家にわたしはいた。窓の大きな部屋は日がよくあたり明るい。大きなソファが置かれて、壁に大きなテレビ、まだ造りかけだと地下を案内された。

わたしたちは谷でそのようにして家をいくつも建てた。断熱材、垂木《たるき》、電動のこぎり、防水シート、ねじ、くぎ、剝き出しのコンクリート、鉄骨。彼は棟梁だったから無言であれこれ指示を出した、わたしは不器用だったから何度も怒られた。

はあはあはあ、話すたびに息遣いが荒い。肺がもう終わろうとしていた。顔色はいつもの日に焼けた、昔通りの。

帰り、その近くに住んでいた竹内のやっているピザ屋に寄ったら大きなスイカをくれようとした。

「いらない」

「食べられますよまだ」

少し茶の入ったそのスイカを帰ってから食べたら甘くも何ともなかった。

わたしは先輩の葬儀に出ていない。というか、ちゅうのときと同じで葬儀自体行われなかった。感染をおそれてのことか先輩の生前の意思かは知らない。それでも集まったものたちはいた。思い出の土地を先輩の遺体を乗せた車が回った。もちろん谷へも行った。そして焼かれた。竹内がそこにいて、竹内は谷のわたしの後輩でもある。先輩だとか後輩だとかつまらない字だなと今気づいたがそのまま続ける。竹内からいくつかの写真が送られて来た。その中に帳面に残されたメモ書きの写真があった。そこには先輩の死を間近に控えた気持ち、考えが手書きで書かれていた。

わたしは誰にも内緒で小説を書きはじめた。劇団の話にしようと思ってはいた。だけどなかなかうまくいかなかった。はじめてだったのだから仕方がなかった。やりながらおぼえていくしかなかった。わたしは褒められたいわけではなかった。本もどうでもよかった。

「どうしてですか」

Hさんはいった。わたしはいやそうじゃなくてとかあれこれ話したのだけど途中で何を話していたのかわからなくなり飽きてしまった。すると

「本にならなくてもいいってことですか」

と突然Hさんは泣いて、泣かせたおぼえはないから謝りはしなかったけれど、何とか本にしようとしてくれているのはわかっていたから悪い気はした。

Hさんはとにかく熱心に誘い続けてくれていた。わたしはHさんの小説を書いてみないかという依頼を一度断ったというかしぶっていた。小説に興味がないし興味もないのにやるのは無礼だしやれる気もしなかった。

Hさんからの連絡を仲介してくれていたIさん、わたしは一時期芸能事務所にいた、そこのマネージャーだったIさんがわたしたちの芝居を観た。全員所属しませんかといって来た。公演費用も援助してくれるという。援助は非常に助かったがその代わりにわたしはテレビドラマにちょ

い役で出たりインターネットで配信するドラマの脚本を書いたりした。そのＩさんがわたしたちのギャラを使い込んでいた。たいした額ではなかったけどそれでもそのことがわたしたちにバレて、Ｉさんは姿を消してしまった。わたしは会って話をしたかった。金に困ることは誰だってあるし理由を聞いても仕方がないがわたしはどうにか接触を図ろうとしたのだけど出来なかった。それにともないＨさんとのつながりも消えた。なのにＨさんはあちこち調べてまた連絡をとって来てくれた。

小説が出来て、とりあえずは出来て、後は本になるのを待つだけとなった時、わたしはようやく確かみんなに話した。

「へー」

とはいっていたように思う。一つはっきりとおぼえているのは唯我が少し話せませんかと連絡をして来て、珍しく二人で喫茶店で話した。

「これで借金返せちゃうかもしれませんね、よかったですね」

と唯我はいった。あれからわたしは何冊も本を出し二つも賞をもらったのにどれも売れないからまだ返せていない。

Ｈさんはまだ涙ぐんではいたがもう泣いたりはしていない。わたしはこの場を離れたくて仕方がない。あの時泣いたよねといつか話してもＨさんは泣きましたっけ？　とすっとぼけるか忘れているが何度か泣いた。稽古があるからとわたしはＨさんにいう。

「次の公演はいつですか」

「来月」

「台本出来てるんですか?」

「出来てない」

今日、台本を持って行くとわたしはみんなに伝えていたのだけど書けずにいた。書けずにいたというより書かずにいた。書こうとしたのに書けないというのと書かなかったから書けていないは違う。わたしは書けなかったんじゃない。書かなかったのだ。ときが来ればやる、ときは来る、来るのだときは、今じゃないだけだ。ときが来れば慌ててやる。だから結局いつも雑なんだといわれても痛くも痒くもない。そんなものは褒め言葉でしかない。仮に劇が出来なくてもかまわない。毎日舞台で謝ってやる。そして何で謝らなきゃいけねぇんだといってやる。書くよりおもしろい劇になる。怯えてやるなんてことはしない。湯水のように時間は使うのだ。だから芸術なのだ。わたしたちはわたしたちのすることを芸術と自負していた。何度も鼻で笑われた。笑うな真剣に聞け。それはいつかわたしたち、不遜だけどあなたの、助けとなるのだ。

大江健三郎が自選短篇のあとがきを『生きることの習慣《ハビット・オブ・ビーイング》』と題してそこにフラナリー・オコナーの言葉を引用している。

> 小説を書くことは、全人格が参加する行為であり、芸術は人間の全体に根をおろしている習慣である。
> 長い時をかけて、経験を通して、それを養わねばならない。そうすれば自分が知らない大

きさの困難に出会った際に、この習慣が助けになる。……

わたしは「芸術は人間の全体に根をおろしている習慣である」から読んだ。

芸術は人間の全体に根をおろしている習慣である。
　長い時をかけて、経験を通して、それを養わねばならない。そうすれば自分が知らない大きさの困難に出会った際に、この習慣が助けになる。

わたしたちは効率を上げるために何かの仕組みのために生まれて来たわけじゃない。仕組みにしようとしているのはわたしたちじゃない。しかしわたしは、わたしたちは、ぼんやりするとそうしてしまう。一人一人の持つ「横着」が集まり大きなうねりとなっているのだから仕方がない。しかしだからぼんやりしていたらつまらない歯車、歯車にすらなれない不要な人間に自らなる。わたしは芸術家を、小説を書くものを、演劇をするものだけをいいたいのじゃない、わたしは人間だ。人間は「わたし」を助けるために、わたしたちは助けられるために生まれて来た。わたしたちには救われる権利がある。そのための習慣、それをわたしは芸術と考える。何でもいい。する、して、助けになる習慣をわたしたちは一生をかけて身につけるべきなのだ。死ぬとわかってから慌ててどこかの知らない坊主の書いた本を読んでる場合じゃない。もっと早くから準備をするのだ。いなくなるということ、死ぬということ、のきなみ絶対、生まれて来てしまったからには死だけは絶対、というのならそれは「死なない」というのと同じなんじゃないのかということを。

稽古場に着くと山田がいた。いつもそうだ稽古場には一番に山田が来る。

「おつかれ

どちらからともなくそう口にするがまだわたしたちは疲れてなどいない。これからぱらぱらとみんなが来る。まだ死ぬまでにずいぶん時間はある。

初出

「新潮」
2019年1月号、5月号、10月号
2020年5月号、9月号
2021年2月号、7月号
単行本化に際して、大幅な加筆修正をほどこした。

カバー装画　横山　雄

FICTION《フィクション》

発行 2023.11.30

著者 山下《やました》澄人《すみと》

発行者 佐藤隆信

発行所 株式会社新潮社

〒162-8711 東京都新宿区矢来町71

電話 編集部03-3266-5411 読者係03-3266-5111

https://www.shinchosha.co.jp

装幀 新潮社装幀室

印刷所 大日本印刷株式会社

製本所 大口製本印刷株式会社

乱丁・落丁本は、ご面倒ですが小社読者係宛お送り下さい。
送料小社負担にてお取替えいたします。
価格はカバーに表示してあります。

ISBN978-4-10-350362-0 C0093